I0703527

Pour toujours
et à jamais

DE LA MÊME AUTEURE

— Saga de la fondation des Roxton —
LE NOBLE SATYRE
SA DUCHESSE
SON DUC
LEURS GRÂCES

— La saga de la famille Roxton —
NOCES DE MINUIT
DUCHESSE D'AUTOMNE
DAIR LE DIABOLIQUE
LA FIÈRE MARY
LE FILS DU SATYRE
ÉTERNELLEMENT VÔTRE
POUR TOUJOURS ET À JAMAIS

— Série Salt Hendon —
L'ÉPOUSE DE SALT
RETOUR À SALT HENDON

« *Avec mon lorgnon et ma plume, je pars dans ma chaise à porteurs – le 18ᵉ siècle est vraiment génial ! »*

QUAND JE NE me balade pas dans le Londres du 18ᵉ siècle dans ma chaise à porteurs où que je ne suis pas en train d'échanger des ragots avec des nobles parfumés et bien mis dans les salons dorés de Versailles, j'écris des romances historiques georgiennes primées et des romans à suspense (avec une bonne dose de romance).

Mes livres se déroulent dans l'Angleterre georgienne des années 1700, avec quelques voyages éventuels sur le continent européen. Je m'arrête à la Révolution française durant laquelle je suis morte dans une vie antérieure, guillotinée pour mon mode de vie terriblement hédoniste en tant qu'aristocrate oisive !

lucindabrant@gmail.com	lucindabrant.com
pinterest.com/lucindabrant	twitter.com/lucindabrant
facebook.com/lucindabrantbooks	youtube.com/lucindabrantauthor

MARION GABILLARD

Pour toujours et à jamais

LETTRES DES ROXTON, VOLUME SECOND

COMPLÉMENT À LA SAGA DE LA FAMILLE ROXTON

Lucinda Brant

TRADUIT PAR MARION GABILLARD

Un livre des éditions Sprigleaf
Publié par Sprigleaf Pty Ltd

Mis en page avec Adobe Garamond Pro.

Également disponible en livres numériques et autres langues.

ISBN 978-1-922985-07-1

10 9 8 7 6 5 4 3 2 1
Édition à couverture cartonnée et reliure rigide   (ii) I

Pour

Les membres du groupe Facebook de Lucinda

TABLE DES MATIÈRES

PRÉFACE

C'est avec un immense plaisir que Sa Grâce et moi vous proposons ce deuxième et dernier volume de lettres, une sélection de la correspondance de mes estimés ancêtres et de personnes importantes dans leur vie quotidienne.

Nous sommes ravis de l'accueil que les universitaires ont réservé au premier volume il y a à peine plus de deux ans, et nous espérons que cette sélection se révélera tout aussi intéressante et apportera un éclairage supplémentaire sur les vies vécues pendant le règne de Sa Majesté le roi George III.

Les lettres de cette sélection sont largement dominées par des extraits de correspondance qui abordent les thèmes de la famille et des histoires familiales. Car ce sont les naissances, les morts et les mariages qui étaient au centre des préoccupations de la famille élargie des Roxton pendant la seconde moitié du xviiie siècle. C'est donc sur la famille que mon époux et moi-même souhaitons nous concentrer ; nous voulons emmener le lecteur dans un voyage au cœur de la vie domestique du duché, à l'époque où le sixième duc et sa duchesse posaient les bases d'une dynastie. Cela n'inclut pas seulement leurs huit enfants, qu'ils ont éduqués jusqu'à l'âge adulte, mais également la gestion des liens familiaux plus étendus, par le biais des mariages et naissances qui ont consolidé leur position et celle de leur cercle familial rapproché au plus haut sommet de leur classe à leur époque, avec des ramifications qui perdurent à ce jour, à l'orée d'un nouveau siècle.

Les lecteurs qui souhaiteraient avoir un aperçu des opinions politiques des divers correspondants, qui espèrent découvrir dans ces lettres des complots gouvernementaux et des manœuvres de la part des membres des deux chambres du Parlement, mais aussi glaner des commentaires sur le climat et les événements politiques de ce royaume et d'autres royaumes lointains, seront déçus. Le seront aussi ceux qui aimeraient connaître les croyances religieuses et philosophiques des membres de la famille. De tels sujets sont parfois brièvement abordés, et sont sans doute discernables dans certaines remarques incidentes des lettres sélectionnées ici, mais de manière générale, toutes les lettres de nature politique, religieuse ou polémique ont été mises de côté, car elles ne rentrent pas dans le cadre de ce que nous souhaitons accomplir avec cette collection épistolaire. Nous ne reviendrons pas sur ces omissions.

En sélectionnant intentionnellement des lettres qui se concentrent sur les interactions sociales quotidiennes de la famille et sur les détails domestiques afférents, le duc et moi espérons que le lecteur comprendra mieux le véritable caractère, la véritable nature des correspondants. Car c'est seulement par l'expression de ses sentiments et par la révélation de ses pensées les plus profondes qu'une personne peut réellement se dévoiler.

Il nous semble nécessaire de réitérer que ce volume-ci et le précédent sont publiés à titre privé et ne sont pas destinés au grand public. Ils ont pour but de rejoindre les étagères de quelques personnes qui portent un intérêt académique à la lignée des Roxton et qui souhaitent avoir un meilleur aperçu de la vie et des motivations de mes ancêtres.

Une fois encore, Sa Grâce et moi souhaitons reconnaître les efforts acharnés du bibliothécaire de Treat, Sir Elliott Fortescue, Bt., et de son assistant, Mr. Percival Mandrake, ainsi que du professeur Sir Marcus West-Hamilton et de l'éminent linguiste français monsieur Auguste Martin. Ce second volume a bénéficié des connaissances de l'éminent diplomate Sir Bipin Narendra Deb, qui a gentiment traduit la lettre que Sa Grâce de Kinross a écrite en hindi à sa fille naturelle, Mrs. Charles Fitzstuart, le père et la fille étant deux linguistes compétents dans cette langue du sous-continent. Sans le dévouement de ces gentlemen, ce volume de lettres, tout comme le premier, n'aurait jamais vu le jour.

Ce second volume est dédié à nos enfants : Henry, Christopher, Deborah, Evelyn et Lisa-Antonia.

Alice-Victoria Hesham
Sa Grâce la très noble duchesse de Roxton
Mai 1898

NOTE DES ÉDITEURS

LES LETTRES ET ENTRÉES de journaux de ce deuxième et
dernier volume suivent le même ordre chronologique que dans
le premier. Ce volume s'ouvre sur une correspondance qui date
du début des années mille-sept-cent-soixante-dix, avec une lettre
que nous pensions perdue dans les pages de l'histoire, mais qui a
été retrouvée par hasard dans les archives des Roxton – l'une des
plus grandes découvertes de cette publication, car il s'agirait de
la dernière lettre encore existante du deuxième comte de Strathsay, petit-fils de Charles II. Le deuxième chapitre contient des
lettres envoyées par Kate, Lady Paget, au cinquième duc, lettres
écrites dans les années mille-sept-cent-soixante et qui ont leur
importance, car elles témoignent de l'amitié unique que Kate
entretenait avec le duc et de sa relation particulière avec le
deuxième époux de Lady Mary Fitzstuart Cavendish Bryce, le
marchand influent de laine et de tissu Sir Christopher Bryce.
Parmi les lettres proposées dans le troisième chapitre, certaines
ont été écrites par le cinquième duc à son fils cadet quand il
savait qu'il allait mourir et qu'il était déterminé à laisser des
mots de sagesse et d'amour à ce jeune homme qu'il aimait

incommensurablement, ce qui est évident dans cette correspondance. Ces lettres illustrent parfaitement ce que Sa Grâce explique avec éloquence dans sa préface et qui vaut la peine d'être répété ici : « C'est seulement par l'expression de ses sentiments et par la révélation de ses pensées les plus profondes qu'une personne peut réellement se dévoiler. »

Les lecteurs constateront que plusieurs noms, mots, passages et phrases ont été censurés dans certaines lettres, ce qui est indiqué par un [*censuré*], sur la demande de Leurs Grâces, ce sur quoi ni eux ni nous ne reviendrons.

Toutes les traductions des écrits en français ont été méticuleusement réalisées par monsieur Auguste Martin, et la traduction de la lettre en hindi par Sir Bipin Narendra Deb, chevalier grand commandeur de l'empire des Indes. Les éditeurs sont tout à fait reconnaissants du travail acharné de Mr. Percival Mandrake, qui a assemblé et transcrit les versions originales des diverses correspondances, dans ce volume et dans le premier (une omission dans les remerciements du premier volume qui est rectifiée dans celui-ci, avec nos plus sincères excuses).

Sir Elliott Fortescue Bt.,
commandeur de l'ordre de l'Empire britannique ;

Le professeur Sir Marcus West-Hamilton,
chevalier grand-croix de l'ordre de Saint-Michel et Saint-
Georges, officier de l'ordre de l'Empire britannique
Juin 1898

Note : À travers ce volume et quand cela était nécessaire, [5ᵉ] et [6ᵉ] ont été insérés devant « duc de Roxton » afin de distinguer le père du fils et d'éviter au lecteur d'être confus quant à la personne dont il est question.

LETTRES DE
DAIR LE DIABOLIQUE

Le très honorable comte de Strathsay, Charles House, la Barbade, au commandant Lord Fitzstuart, dix-septième régiment des Light Dragoons, aux bons soins de Sir John Becher, Hollybrook House, comté de Cork, Irlande.

[Lettre envoyée alors que le commandant était stationné avec son régiment en Irlande, puis transmise et reçue pendant qu'il était en service dans les colonies américaines durant la guerre d'indépendance des États-Unis. L'anecdote familiale raconte qu'après la lecture de la lettre de son père, le commandant l'a enflammée du bout de son cheroot et l'a jetée dans le feu de camp. Il s'agit donc ici d'une copie de cette même lettre, découverte par Mr. Percival Mandrake tandis qu'il classait les archives des Roxton. C'est une découverte majeure, car il s'agit de la seule lettre écrite de la main de Theophilus Fitzstuart, le deuxième comte de Strathsay, qui existerait encore. Une note écrite d'une autre main sur le recto de la lettre précise qu'il s'agit d'une copie de celle-ci, envoyée par Lord Strathsay au sixième duc pour qu'il la garde en lieu sûr pour le cas où son fils le commandant Lord Fitzstuart ne recevrait pas l'originale.]

Charles House, la Barbade
Décembre 1774

Cher commandant,

Alisdair, j'espère que vous vous portez bien et que votre vie au service de notre roi vous apporte satisfaction. Comme vous le savez par le biais des autres, car vous n'avez pris la peine de lire aucune de mes lettres, j'étais et suis toujours opposé à votre commandement. J'ai écrit à Sa Grâce de Roxton (le cinquième duc, et non l'actuel) pour lui signifier mon opposition dans les termes les plus forts. Mais il était trop tard, car vous étiez déjà en train de rejoindre votre régiment en Irlande. Et j'apprends maintenant que ce régiment va aller combattre les traîtres rebelles dans les colonies américaines. Je vous souhaite donc bonne chance, et je prie pour que vous restiez hors de danger et reveniez de cette entreprise risquée en vie et en un seul morceau. Vous ne pouvez pas m'en vouloir de remercier le Seigneur d'avoir un deuxième fils et que Charles soit d'une nature guindée, ce qui signifie qu'il ne risquerait jamais sa peau en faisant quelque chose d'aussi sot et injustifié.

Bien que votre volonté de défendre votre roi et votre patrie contre les colons rebelles qui ont osé prendre les armes contre Sa Majesté toute puissante ne m'inspire qu'admiration, vous auriez mieux fait d'apprendre à gérer votre héritage, de vous marier tôt et de donner naissance à un héritier pour prendre votre suite. Vous savez que le jour où vous vous marierez, je vous céderai le domaine, qui est actuellement géré par l'actuel duc de Roxton. Cet admirable jeune homme est un digne successeur de son père. J'oserais même dire qu'il est plus digne encore que son prédécesseur. Il pourrait se passer du fardeau supplémentaire que représente la gestion de mes affaires en Angleterre, mais il s'en charge car sa mère est ma nièce, et parce que vous êtes son plus proche cousin. Lui, au moins, sait ce qu'il doit à sa famille, et il est prêt à endosser le lourd fardeau de responsabilités associé à un grand nom. Je continue à espérer qu'un jour, il en sera de même pour vous.

Vous devez ricaner en lisant ces mots, car votre père vit à des milliers de kilomètres de ses responsabilités. Mais je me permets de vous rappeler que ce n'est pas par choix que je suis venu ici dans les Caraïbes, même si j'y demeure à présent de mon plein gré. Aujourd'hui, c'est sur le compte de la Providence que je mets ma venue sur une plantation de sucre aussi loin de l'Angleterre. Et si vous m'accordez cinq autres minutes de votre temps pour continuer à me lire, vous constaterez que votre père a bel et bien une conscience.

Je ne cherche pas à obtenir votre pardon, même s'il me ferait plaisir. Charles et Mary sont plus susceptibles de m'accorder une certaine latitude avec le temps, mais je sais que ce ne sera pas votre cas. Et je ne peux pas vous le reprocher. Je ne vous ai pas bien traité du tout, vous, votre mère, votre frère et votre chère sœur. La distance et le temps m'ont permis de réfléchir réellement à mon passé, et je suis maintenant prêt à admettre que je faisais un bien piètre père, et un encore plus mauvais mari. L'échec de notre mariage était presque entièrement ma faute. Et puisque j'ai ouvert les yeux, mais aussi mon cœur, à ce sujet, je vous demande de prendre bien soin de votre mère, de ne pas la tenir pour responsable de sa froideur et de son absence de sentiments en ce qui concerne ses enfants. Je suis persuadé que son manque d'affection vient de la nature de votre conception. Elle a enduré ma couche par sens du devoir conjugal et dynastique, et non parce qu'elle [*censuré*]. Elle ne faisait aucun effort pour me satisfaire ou être satisfaite, [*censuré*] ne pouvait dissimuler son horreur [*censuré*] me trouvait répugnant. Mon ignorance, ma honte et ma colère m'ont poussé à [*censuré*] et [*censuré*], mais elle [*censuré*]. En résumé, ce fut une expérience dégradante pour nous deux [*censuré*] et je n'ai pas pu [*censuré*] cette tare chez elle n'était pas quelque chose qu'elle était capable de corriger. Elle ne sera jamais de nature chaleureuse. Elle est dénuée de [*censuré*], c'est une créature qui trouve cet aspect de la vie répugnant et inutile à son existence.

Un homme plus expérimenté aurait su reconnaître sa nature pour ce qu'elle était avant le mariage. Mais en tant que jeune novice, j'ai pris sa froideur pour de la timidité, son insensibilité pour de l'ignorance. Sa Grâce le cinquième duc de Roxton a essayé de me mettre en garde. J'aurais dû l'écouter, car Sa Grâce avait une vaste expérience des femmes et avait sans doute vu, contrairement à moi, que Charlotte possédait un tempérament incompatible avec l'intimité physique. Mais c'est justement à cause du passé libertin de l'ancien duc avant son mariage avec ma nièce que j'ai sottement pris ses sages conseils pour du mépris envers votre mère, car lui-même ne la trouvait pas attirante physiquement. Quel imbécile j'ai été !

Vous devez vous demander où mène cette discussion, et pourquoi je vous confie des détails aussi intimes, pourquoi je reviens sur mes péchés passés. Ma situation actuelle me permet de comprendre que je n'ai jamais été amoureux de votre mère, et je pense qu'elle n'a jamais été amoureuse de moi non plus. Nous étions tous les deux épris de l'idée d'être mariés et indépendants, ce qui nous a sans doute rapprochés. Elle voulait échapper à sa vie aux crochets de son frère, une vie d'éternelle célibataire. Quant à moi, je souhaitais m'éloigner de l'égoïsme malveillant et injustifié de ma mère. Aucun de nous deux n'était préparé pour l'intimité concomitante à un mariage.

Serez-vous surpris d'apprendre que votre père était tout aussi ignorant que sa femme lors de leur nuit de noces ? Il s'agissait de ma première erreur, et la liste est longue. J'étais déterminé à rester chaste, pour la simple et bonne raison que j'avais une mère qui était [*censuré*]. Si elle avait été un homme, on aurait célébré son statut de grand roué. Mais en tant que femme, elle sera à jamais vue comme une [*censuré*]. Elle était très belle, tous ses portraits en attestent, il n'est donc pas étonnant qu'une légion d'hommes l'aient courtisée dès le plus jeune âge. Elle n'avait pas assez de fibre morale et de jugement pour résister à leurs avances [*censuré*]. Et une fois corrompue, elle est devenue la corruptrice, et elle n'hésitait pas à séduire tous les jeunes hommes qui l'attiraient, où et quand elle le voulait et sans aucune considération pour les personnes qui vivaient sous son toit, à savoir son fils. Dégoûté par son comportement, j'étais déterminé à vivre comme un moine jusqu'à mon mariage.

Au moins, vous n'êtes pas aussi sot que votre père, car vous n'avez rien d'un moine, n'est-ce pas ? Et ce depuis votre dix-septième printemps, quand vous avez pris du bon temps un peu trop près de chez vous et avez mis la fille d'un domestique enceinte. Ce n'est pas le moment de vous sermonner sur votre erreur de jeunesse. Cependant, et vous serez surpris de l'apprendre, je suis heureux que vous ayez engendré un fils illégitime, car au moins, je sais que j'ai un héritier dont la semence est fertile, je peux donc m'attendre à ce que vous engendriez des fils légitimes quand vous épouserez enfin une femme digne de votre sang noble. Et à travers votre expérience charnelle, que vous continuerez de poursuivre, je l'espère, avec des femmes payées pour leur service, et non des domestiques virginales qui se laissent bêtement tomber enceintes, vous gagnerez peu à peu en expérience dans le domaine de la chambre à coucher. Ainsi, contrairement à moi, vous ne pourrez pas vous cacher derrière votre ignorance pour justifier votre incapacité à satisfaire votre épouse au lit.

Ce qui m'amène à ce que je voulais vous dire. Je suis un bien meilleur homme, dans tous les sens du terme, depuis que je vis ici à la Barbade, un vrai paradis sur terre. Le passage du temps et la distance qui me sépare de chez moi m'ont permis de tout mettre en perspective. Je ne suis pas seulement plus vieux, mais aussi bien plus sage. C'est pour cette raison que je peux vous dire avec assurance que je suis tombé amoureux, et ce pour la première fois de ma vie. Je n'aurais jamais pensé trouver l'amour, ou que l'amour me trouverait, et ce à l'âge avancé de cinquante-cinq ans, mais c'est arrivé. Pourquoi ai-je écrit cette lettre pour vous dire ceci ? J'ai également écrit à votre sœur et à votre frère pour leur annoncer cette nouvelle. Je vous écris car je ne vais pas revenir en Angleterre. Je vais rester ici, où je serai enterré quand l'heure sera venue, auprès de ma concubine. Car Monica Drax est l'amour de ma vie, et c'est comme si elle était ma femme. Monica est la fille reconnue d'un marchand de sucre et de sa maîtresse mulâtre, et elle a récemment donné naissance à nos jumeaux, Barnaby et Bernadette. Ces deux enfants n'auraient pas pu être plus parfaits et nous ne pourrions les aimer plus. Je suis follement épris d'eux, et d'elle.

Autant vous le dire, car vous finirez par le découvrir d'une façon ou d'une autre, et il vaut donc mieux que vous l'appreniez de ma main : Monica est plus jeune que votre frère Charles. Mais à vingt-deux ans, elle est assez vieille pour savoir ce qu'elle veut et ce que veut son cœur. Nous vivons ouvertement en tant que mari et femme, et avec la bénédiction de sa famille. C'est la maîtresse de mon foyer, et elle est traitée par tous comme si elle était réellement ma femme. J'aimerais pouvoir lui conférer ce titre, et bien que ce soit impossible, mes domestiques et mes amis lui accordent autant de respect que si nous étions bel et bien mariés, et ils l'appellent « milady », ce qui est tout naturel et me rend très heureux.

Je ne veux pas vous manquer de respect, à vous et votre mère. Mais je suis ici, vous êtes là-bas, et nous ne nous reverrons plus jamais. Alors ne vous inquiétez pas. Monica et moi ne mettrons jamais les pieds en Angleterre, et nos enfants non plus, si j'ai mon mot à dire sur la question, je ne vois donc aucun mal à vivre comme je l'entends, comme je le ferais si tous mes vœux pouvaient être exaucés. Si cela vous offense, ainsi soit-il.

J'ai l'intention de léguer à Monica et à nos enfants, qui seront nombreux je l'espère, la plantation de la Barbade, les esclaves rattachés au domaine et la moitié de la richesse produite par notre exploitation de sucre. Vous partagerez l'autre moitié avec votre frère et votre sœur.

Ce qui m'amène à vous dire que j'ai écrit à mes avocats à Londres et leur ai donné les instructions suivantes : à votre mariage, toutes les responsabilités et tous les droits liés à mes domaines anglais, ainsi que les revenus qui en découlent et qui sont pour l'instant confiés à Sa Grâce de Roxton, vous reviendront. Si je pouvais vous céder la couronne et le manteau d'hermine rattachés à mon statut de comte dès maintenant, je le ferais également volontiers. Ainsi, voyez-vous, plus vite vous vous marierez, plus vite vous pourrez accéder à tout l'héritage qu'il est en mon pouvoir de vous léguer.

Vous avez reçu assez de nouvelles de ma part dans cette lettre pour les années à venir. Je ne vous écrirai plus directement, car je sais que vous ne répondrez pas, je me tiendrai donc informé de votre bien-être auprès d'autres sources. Je ne vous envoie ni mon amour, ni mes vœux de bonheur, car je sais que vous n'en voulez pas. Je vais cependant continuer à prier pour vous et à vous garder dans mes pensées. Et je vais signer cette lettre en tant que père, car rien ne peut effacer ce lien de parenté, quand bien même vous me méprisez, me haïssez, et souhaitez renier votre propre père. Prenez soin de vous, mon fils.

Votre père,
Theophilus Strathsay

Antonia, la très noble duchesse de Kinross, Crecy Hall, Treat via Alston, Hampshire, à la très honorable Charlotte, comtesse de Strathsay, Fitzstuart Hall via Denham, Buckinghamshire.

Crecy Hall, Hampshire
Juillet 1777

Ma chère tante,

Charlotte, j'espère que vous vous portez mieux qu'à Pâques, autant physiquement que mentalement. Et si certains symptômes de ce qui vous faisait alors souffrir persistent encore, je vous assure que cette lettre de ma part pourra, si ce n'est guérir tous vos maux, au moins vous offrir un peu de répit jusqu'au mariage.

Un mariage ? Le mariage de qui, vous demandez-vous. Je vous le dirai dans un instant, mais je dois d'abord vous raconter le reste, et vous dire comment ce projet de mariage a vu le jour. Ne me demandez pas les plus infimes détails, car je ne pourrai pas vous les donner, et même si je savais tout, cela m'aurait été révélé dans la confidence. Vous devrez donc me faire confiance quand j'affirme que tout ce qui compte, c'est le résultat, à savoir que votre fils Alisdair va se marier.

Tout à fait, Charlotte. Votre fils aîné, Alisdair, va prendre une épouse, et ce très bientôt. Il va donc y avoir un mariage, ici, à Treat.

Alisdair a trouvé sa moitié, et leurs âmes sont unies autant que leurs cœurs. Ils forment un couple amoureux. Il s'est réellement épris d'elle, et elle de lui, vous pouvez prendre cela pour argent comptant. Vous devez être heureuse pour lui, pour eux deux. Et même si, contrairement à moi, vous ne croyez pas au destin, au véritable amour et aux histoires qui finissent bien, vous devriez être heureuse pour votre fils, et le serez sûrement.

L'amour mis à part (bien qu'à mes yeux, ce soit la chose la plus importante dans n'importe quelle union), l'épouse que votre fils a choisie devrait vous satisfaire, et peut-être même faire votre bonheur, car il s'agit d'un choix socialement très convenable.

Aurora Talbot est la petite-fille d'Edward, Lord Shrewsbury, et monseigneur et moi sommes ses parrains. C'est la fille du fils aîné d'Edward, qui est mort, tout comme sa mère, quand elle était bébé. Rory (c'est ainsi qu'elle préfère être appelée) et son frère Harvel, Lord Grasby, se sont donc retrouvés orphelins et ont été élevés par Edward. Harvel est l'héritier d'Edward, et il s'avère qu'il s'agit de l'un des joyeux compères d'Alisdair. Ils ont fréquenté Harrow ensemble. Ainsi, vous pouvez constater que Rory a une descendance tout à fait convenable, que même vous, vous devez juger digne de l'héritier d'un comté.

Si vous êtes en train de vous creuser la tête à essayer de déterminer si on vous a déjà présenté Rory, ou si elle a déjà été présente lors d'une réception à laquelle vous auriez assisté, la réponse est oui. Vous la connaissez bel et bien, mais peut-être que comme la plupart des gens, vous l'avez à peine remarquée, car elle se met rarement, voire jamais, en avant. Elle a été invitée à Treat un certain nombre de fois en compagnie de son grand-père, bien qu'elle ait tendance à ne pas trop fréquenter la société, préférant largement passer son temps à cultiver l'ananas. Vous voyez, c'est une jeune femme tout à fait unique et fascinante. Aucun commentaire n'est nécessaire à ce propos, mais je vais vous le dire quand même : Rory est belle. Sinon elle n'aurait pas retenu l'attention d'Alisdair, n'est-ce pas ? Elle est douée d'une beauté délicate et raffinée, comme la plus fine des porcelaines. Mais ne vous y méprenez pas, Charlotte, ma filleule sait ce qu'elle veut et elle est dotée d'une vive intelligence. C'est une jeune fille très douce et tendre. Elle aime votre fils inconditionnellement et c'est la première à le soutenir. Ce n'est donc pas étonnant qu'Alisdair soit tombé amoureux d'elle. Quand je les vois ensemble, c'est l'éclosion du véritable amour que j'ai sous les yeux.

Mon fils a donné sa bénédiction pour cette union, ce qui devrait également vous satisfaire. Et tout ce qui importe à Alisdair, c'est la bénédiction de Roxton, et la mienne. Il n'a pas l'intention de solliciter l'approbation ou la permission de son père (il n'a besoin ni de l'une, ni de l'autre), mais il lui écrira tout de même, par politesse, pour l'informer de cette union.

Ne vous sentez pas négligée parce qu'il ne vous a pas écrit en personne et qu'il a préféré me demander de m'en charger. Il a déjà écrit à son père et à son frère, et il ne pouvait pas rester assis plus longtemps en un seul après-midi ; il m'a donc demandé de vous écrire afin que vous receviez la nouvelle le plus rapidement possible. Il vous invite à Treat pour le mariage, qui aura lieu dans les prochaines semaines. Je pense que mon fils a également l'intention de vous écrire. Il a aussi écrit à Mary. Nous espérons qu'elle viendra avec Teddy, car ce serait l'occasion parfaite pour que votre petite-fille soit présentée à sa famille Roxton.

Oh, et comme je veux vous laisser le temps de vous remettre de ce choc d'ici votre venue, sachez que je suis enceinte. Inutile de me dire que c'est tout à fait choquant pour une femme de mon âge, qui a un fils sur le point d'entamer sa troisième décennie. Je suis d'accord avec vous. Mais Jonathon aura un héritier, et c'est tout ce qui compte à mes yeux. Et voilà. Vous ne pouvez donc rien faire si ce n'est l'accepter, et vous réjouir pour nous.

Affectueusement,
Votre nièce,
Antonia Kinross

Mr. Radcliffe Plume, Esq., Charles House, la Barbade, au commandant Lord Fitzstuart, Fitzstuart Hall, Buckinghamshire, aux bons soins de Sa Grâce le très noble duc de Roxton, Treat via Alston, Hampshire, Angleterre.

[Une note jointe à la lettre dit : Reçue la veille du mariage du commandant Lord Fitzstuart, mise de côté jusqu'à son retour de lune de miel un mois plus tard. Ouverte en présence du duc de Roxton et de la duchesse de Kinross à la fin du mois d'août 1777.]

Charles House, la Barbade
Juin 1777

Mon cher commandant, milord,

C'est avec tristesse que j'accomplis mon devoir de vous informer de la mort de votre père, Theophilus James Fitzstuart, comte de Strathsay, qui résidait à la Barbade depuis quelque dix-sept années.

Vous ne me connaissez pas, mais j'ai bien connu votre père. Nous étions les actionnaires majoritaires d'une coopérative sucrière qui fournit du sucre à l'Angleterre. J'interagissais avec Sa Seigneurie toutes les semaines, parfois tous les jours, et sa famille et la mienne étaient assez proches pour s'inviter mutuellement à dîner. Je suis veuf et mon fils vit en Angleterre avec sa famille. Je compatis profondément à votre perte, car c'est régulièrement et avec sentimentalité qu'il parlait de vous, milord, de votre frère Mr. Charles Fitzstuart et de votre sœur Lady Mary Cavendish.

Sa Seigneurie et sa famille ont péri quand un ouragan, inhabituel à cette saison, a décimé l'île avec une force destructrice inimaginable. Des milliers de morts sont à déplorer et il ne reste aucune maison habitable. Une seule aile de la demeure de votre père est toujours debout, et il s'agit de l'unique abri disponible pour ceux qui ont survécu et ceux qui viennent leur apporter secours et réconfort. Tous les bateaux du port et leurs équipages ont disparu. Une grande partie de la vie de l'île, qu'elle soit végétale ou animale, s'est éteinte. Je ne saurais vous donner une description fidèle de ce que je vois de mes propres yeux – cela dépasse la compréhension humaine et ressemble à ce que j'imagine être l'enfer pour les âmes qui y sont envoyées pour leurs péchés.

Je devrais aussi vous indiquer que si le corps de votre père a été retrouvé, ce n'est pas encore le cas de ceux de sa concubine, Monica Drax, et de leurs deux enfants, Barnaby et Bernadette Fitzstuart-Drax. Nous n'entretenons aucun espoir qu'ils soient encore en vie, car l'ouragan a frappé il y a maintenant plusieurs semaines. Nous supposons que comme des centaines, non, des milliers d'autres, ils ont été emportés par la mer et se sont noyés quand la tempête s'est abattue sur l'île.

Laissez-moi vous révéler comment votre père est mort, milord, car je suis certain qu'une curiosité naturelle vous pousse à vouloir le savoir. Lord Strathsay a été découvert sous les débris de la pièce dans laquelle il travaillait. Il semble avoir trouvé refuge sous son bureau, mais même ce meuble robuste a été soulevé et emporté par les vents impitoyables, et votre père a été emporté en même temps. Sa nuque a été brisée et son corps s'est retrouvé empalé sur un gros éclat de bois d'une bibliothèque cassée. Le chirurgien m'a assuré que sa nuque brisée a dû le tuer presque instantanément, il n'a donc pas été conscient des autres violences subies par son corps après cela.

En tant que preuve de la mort de votre père, je vous envoie ci-joint la bague qu'il portait toujours et que, il nous l'a fièrement dit, son père avait reçue de son propre père, Sa Majesté le roi Charles II, grand-père de Sa Seigneurie. Elle a été retirée de son cadavre en présence du Dr Ian McBride, lieutenant-colonel et chirurgien à bord du *H.M.S. Endurance*.

Vous pourrez certainement le comprendre, dans ce climat chaud et pour éviter la propagation de miasmes et de maladies, tous les corps retrouvés ont été enterrés le plus rapidement possible. Et tandis que beaucoup d'entre eux ont été placés dans une fosse commune, j'ai veillé à ce que votre père soit enterré chez lui. Une pierre tombale sera installée sur sa sépulture en temps voulu, quand l'île aura retrouvé un semblant de normalité. Ceci dit, personne ne saurait dire quand ce sera possible, car il faudra des années, si ce n'est des décennies, avant de retrouver la prospérité dont nous avons joui pendant plus de vingt ans. J'ai l'intention de rester ici, à Charles House, qui est devenu le cœur administratif des efforts pour restaurer l'île, et j'attends des nouvelles de milord, afin de décider de ce qui adviendra du domaine de votre père ; par ailleurs, une douzaine de ses esclaves ont pu s'en sortir, et ils ont été réquisitionnés pour nettoyer l'île et reconstruire ce qui peut l'être.

J'ai été nommé exécuteur testamentaire de votre père, et en plus de la copie de ses dernières volontés que j'ai en ma possession, il me semble qu'il en a envoyé une à ses avocats à Londres et une autre à Sa Grâce le duc de Roxton, son cousin. Il est donc probable que vous ayez déjà été informé du contenu de son testament par ses avocats, Sa Grâce, ou les deux. Mais c'est à moi que revient la tâche d'informer milord que si votre père a légué son domaine de la Barbade à sa concubine et aux enfants qu'il a eus avec elle, c'est vous qui en hériterez en temps voulu s'ils ne sont pas retrouvés. Il y a d'autres détails dont vous devez être mis au courant après la lecture de son testament, mais je préfère ne pas les aborder ici.

Je vous conseille vivement, milord, d'envoyer ici un représentant de la profession juridique ainsi qu'un membre de votre famille qui connaissait votre père ; si vous souhaitez faire exhumer son corps pour vérifier que c'est bien lui qui a été enterré, cela doit être fait le plus rapidement possible. Je me rends compte que les enjeux sont considérables pour vous, que l'héritage de ses titres et de son domaine sont d'une importance capitale et qu'il est primordial que tout doute soit éradiqué et que vous soyez rassuré. Je vous assure que vos représentants seront traités avec la plus grande cordialité et le plus grand respect, et que tous les détails seront abordés et réglés de la façon la plus satisfaisante qui soit.

Ayez l'assurance que votre père a tout essayé, n'aurait rien pu faire de plus pour assurer sa survie et celle de sa famille, de ses domestiques et de ses esclaves. C'est ce que m'a dit l'un de ses hommes les plus dévoués, le vieux Clive, un esclave qui était à son service depuis son arrivée sur l'île et qui avait gagné sa confiance et son respect.

Je me permets de vous présenter mes plus sincères condoléances, à vous et à votre famille, suite à cette perte. Votre père était un gentleman remarquable que j'ai eu l'honneur de compter parmi mes amis.

J'attends les instructions de milord et reste…

Votre dévoué serviteur,
Radcliffe Plume

Jonathon, le très noble duc de Kinross, château de Leven via Kinross, Fife, Écosse, à l'honorable Mrs. Charles Fitzstuart, 21 rue du Peintre Lebrun, Versailles, France.

[Traduit de l'hindi.]

Château de Leven, Fife
Août 1777

Mon chevrotain chéri,

Je pense à vous chaque jour. Je me demande ce que vous faites de vos journées. Si vous vous êtes fait des amies dans votre pays d'adoption. Charles vous accorde-t-il assez de temps ? Vous sentez-vous seule ? Mrs. S. représente-t-elle une aide ou une entrave pour une jeune mariée ? Comment progressent vos cours de langues ? Votre *Baboo* de père se pose plein de questions. Votre compagnie et vos réprimandes lui manquent. Il dispose de trop de temps, ce qui remplit ses pensées de soucis. Vous devez vous dire qu'il devient sénile. Car où était passée cette inquiétude quand nous vivions sur le sous-continent et que votre *Baboo* voyageait vers le nord pendant plusieurs semaines d'affilée, vous laissant aux soins de votre *ayah* ? Une fois – ou peut-être deux –, des inondations m'avaient empêché de venir vous retrouver pendant deux mois. Vous en souvenez-vous ? Je ne m'inquiétais pas tant alors, car vous étiez avec des gens à qui j'aurais confié votre vie, et la mienne. Et je pouvais supporter cette séparation, car je savais que nous finirions par être réunis. Celle-ci est différente, elle me donne une impression d'immensité, de solitude, d'éternité.

Pardonnez votre *Baboo*, qui se montre égoïste. Vous êtes assez sage pour savoir que ma solitude est aggravée par ma situation actuelle, dont je ne veux pas et que je n'apprécie pas, mais que je me sens obligé d'accepter. Et j'ai non seulement été séparé de ma fille unique, mais aussi de l'amour de ma vie, et ce au tout début de notre mariage. Un jour, nous nous tenions devant le pasteur et le lendemain, je suis parti vers cet endroit glacial et résolument venteux qui, j'en suis certain, n'a pas encore été découvert par les cartographes.

Les températures sont à l'opposé de celles du sous-continent ; j'ai été sorti d'une cuve bouillante pour être plongé dans un enfer glacial, et ce alors que nous sommes au beau milieu de l'été ! J'admets néanmoins que l'austérité et les couleurs pâles de ce paysage sont à couper le souffle. La pauvreté des gens qui habitent ici est stupéfiante, mais ils sont doués d'une ténacité et d'une fierté remarquables. Ne serait-ce que pour cela, je vais rester à leurs côtés et faire de mon mieux pour améliorer les choses, pour eux et pour leurs enfants. Et en temps voulu, j'ai l'intention de faire venir ma nouvelle duchesse ici, quand la maison sera digne de la recevoir. Vous savez que tant qu'il peut observer le ciel nocturne, votre *Baboo* peut dormir sur une natte à même le sol. Mais ma très chère femme aura des appartements à la hauteur de son statut. Et je refuse d'être surpassé et éclipsé par son premier duc ! C'est lui mon adversaire, et j'ai toujours été de nature compétitive, n'est-ce pas ?

Sarah-Jane, autorisez votre *Baboo* à être sérieux un instant, le temps d'exprimer son espoir qu'avec le temps, vous finirez par accepter mon mariage, ainsi que votre belle-mère, la nouvelle duchesse de Kinross. Vous devez assurément vous rendre compte à présent que c'est une femme aux sentiments profonds, qu'elle m'aime donc réellement – ou peut-être Charles, son plus proche cousin, vous a-t-il au moins rassurée à ce sujet. J'aime Antonia inconditionnellement, et de tout mon cœur. Cela devrait suffire pour que vous l'acceptiez, pour apaiser votre esprit. Car l'âge n'est rien de plus qu'un nombre, non ?

Vous avez exprimé votre inquiétude quant au fait qu'il me faut un héritier, et que ma femme n'a plus un âge lui permettant de m'en donner un, ce qui était une raison suffisante pour nous empêcher de nous marier. Vous avez peut-être raison sur un point : maintenant que je suis duc, je suis censé vouloir un héritier. Mais je n'en ai pas besoin. Et je ne pense pas ma femme incapable de me donner un enfant. Nous en aurons au moins un. Un amour comme le nôtre l'exige. Un point c'est tout. Mais si cela n'arrive pas, ainsi soit-il. Je reste philosophe. Votre *Baboo* va laisser cela aux mains de Shiva et prier son épouse Parvati, car n'est-elle pas la déesse de la fertilité, de l'amour et du dévouement ?

Vous savez bien que s'il avait été en mon pouvoir de faire de vous mon héritière légale, je n'aurais pas hésité une seule seconde. Vous auriez fait une merveilleuse duchesse de Kinross. Mais je pense que votre époux aurait eu du mal à concilier votre statut avec ses principes révolutionnaires et à garder la tête aussi haute qu'actuellement parmi ses camarades coloniaux s'il avait épousé l'héritière d'un duché écossais. Ses semblables se seraient moqués de ses idéaux. Il peut cependant difficilement être blâmé du fait que son beau-père est un duc, n'est-ce pas ?

Vous et moi, nous sommes voués à vivre à jamais avec les conséquences de ma fuite avec votre mère, une femme mariée. Mais je ne le regrette pas. Je ne peux pas le regretter. Il n'y avait aucune chance pour qu'elle puisse divorcer de son mari, un cuistre violent, il fallait donc que je la sauve de ses griffes le plus rapidement possible. À cette fin, et parce que nous sommes tombés amoureux, nous étions prêts à vivre le reste de notre vie dans le péché. Nous enfuir sur le sous-continent pour y vivre était notre seul recours, et je savais que nous pourrions y bâtir notre vie et que nous y serions accueillis à bras ouverts. Et aucun de nous deux ne l'a regretté. Nous envisagions cette grande aventure avec optimisme. Tant que nous pouvions être ensemble, rien d'autre n'avait d'importance. Aucun de nous n'a envisagé que votre mère tomberait enceinte, et ce aussi rapidement. Son mariage était resté infécond. Et nous souciions-nous de savoir que notre enfant naîtrait hors mariage ? Avons-nous pensé aux conséquences sur le long terme pour un tel enfant ? Bien sûr que non ! Nous étions amoureux, et nous vous avons accueillie dans nos vies et vous avons aimée de tout notre être. Quand votre mère m'a annoncé qu'elle était enceinte, j'étais si heureux, nous étions si heureux de savoir que nous allions avoir un enfant ensemble. Tout ce que voulait votre mère, c'était être une bonne épouse et une bonne mère, et avec moi, elle a été les deux. Elle vous aimait tant. Alors vous voyez, ma chérie, vous êtes aimée, et vous étiez tellement désirée et célébrée que l'illégitimité de votre naissance n'était et ne reste qu'un détail vraiment mineur.

On a maintenant besoin de moi ailleurs, et puisque mon temps ne m'appartient pas et que je dois essayer d'accomplir autant de choses que possible avant de redescendre vers le sud, je vais vous dire au revoir, mais je vous écrirai de nouveau très bientôt.

Vous manquez à votre père, qui vous aime et vous envoie des milliers de baisers.

Transmettez mes amitiés à Charles. Je répondrai à sa lettre et à toutes ses questions dans les deux prochains jours.

K

Voyez comme je suis devenu suffisant. Maintenant que votre *Baboo* est duc, sa signature se résume à une initiale ornementée. Des baisers.

Le commandant Lord Fitzstuart, H.M.S. Reliant, *la Barbade, à Lady Fitzstuart, Fitzstuart Hall, Buckinghamshire, Angleterre.*

H.M.S. Reliant
Septembre 1777

Ma très chère femme,

Ma femme ! Il n'y a pas de meilleur mot au monde. Car vous êtes la meilleure chose qui me soit jamais arrivée, mon délice chéri. Pardonnez-moi si cette lettre dégouline de sentiments, mais quand je prends le temps de me poser, de m'asseoir pour réfléchir, et quand je suis dans ma couchette et que je m'endors, bercé par les vagues, je ne pense qu'à vous. Je pense aux moments que nous avons partagés sur Swan Island, et j'aimerais y être de nouveau avec vous. Je pense à l'avenir que nous construirons ensemble à mon retour. J'ose même imaginer nos enfants et ce à quoi ils ressembleront. Ha ! J'ai vraiment trop de temps à perdre, non ?

J'avais commencé cette lettre avant de la mettre de côté. Je vais peut-être m'y reprendre à plusieurs fois avant de la terminer. Je sais que vous me pardonnerez si elle n'a rien du chef-d'œuvre qu'elle devrait être. En vérité, il s'agira peut-être de mon premier écrit aussi long, et cela inclut tous les rapports détaillant mes activités envoyés à votre grand-père ces dernières années. J'ai toujours préféré parler avec notre chef des services secrets en personne.

Mon délice, sachez que votre très cher mari (le deuxième meilleur mot au monde) jouit de son habituelle santé robuste. Et son officier d'ordonnance aussi. Mr. Farrier vous transmet ses respects et me demande d'assurer à madame qu'il fait de son mieux pour éviter que monsieur ne s'attire des ennuis. Mais quels ennuis pourrais-je m'attirer alors que je suis coincé sur un bateau au milieu de l'Atlantique ? On se pose la question ! Je me réjouis néanmoins de la présence de Farrier, et je sais que vous aussi.

Je m'occupe. Je passe mes journées à apprendre les ficelles du métier de marin ! Je sais maintenant travailler les cordes et faire tout un tas de nœuds. Au départ, les hommes de l'équipage étaient méfiants de ma curiosité et de ma volonté de travailler à leurs côtés. Car quel genre de gentleman, un aristocrate qui plus est, travaille aux côtés d'un simple marin ? Les officiers ont essayé de me dissuader de fraterniser avec eux, mais puisque le capitaine n'y voit aucun mal, il ne m'en empêche pas. Et ses hommes se réjouissent de ma présence, car je les amuse avec mes questions. Par ailleurs, le capitaine Willis sait que je préférerais me jeter par-dessus bord plutôt que de rester enfermé dans ma cabine à jouer aux échecs, à lire ou à écrire des lettres (sauf à vous, mon délice), ce que sont censés faire les passagers bien disciplinés à bord. Ils évitent également l'air de la mer et la chaleur écrasante. Mais je ne veux rien entendre, et en ce qui me concerne, il vaut mieux être sur le pont, sentir l'air marin et voir ma peau foncer qu'être coincé dans des quartiers exigus, à faire les cent pas et à respirer la fumée de mon cheroot !

Ce qui me fait penser que je dois vous mettre en garde : la prochaine fois que vous me verrez, mes mains seront calleuses et mon visage aura pris une jolie teinte noisette. Mais vous serez ravie d'apprendre que j'entretiens une barbe de pirate, rien que pour vous. Elle pousse bien, malgré la désapprobation et l'opposition de Mr. Farrier. Il aiguise mon rasoir chaque jour dans l'espoir que je retrouverai mes esprits avant que nous n'accostions et avant que je ne vous revienne. Mais Dair le Pirate ne vous décevra pas !

Je viens de vivre l'aventure la plus vivifiante, non, la plus stupéfiante qui soit ! Et j'ai survécu pour le raconter, alors inutile de vous inquiéter, mon délice. Mais je sais que vous ne me refuseriez jamais un peu de divertissement contre l'ennui des longues journées en mer. Alors laissez-moi tout vous raconter.

Cette expérience fut tout aussi palpitante que la charge de l'ennemi au grand galop. Voilà une chose que je peux affirmer sans hésitation. Et c'était d'autant plus satisfaisant qu'il m'a fallu plusieurs tentatives et que j'ai dû faire appel à tout mon courage. Mais j'ai enfin réussi à grimper jusqu'en haut de la vergue du hunier ! Vous vous demandez sans doute de quoi il s'agit. Une vergue est une longue pièce de bois perpendiculaire au mât à laquelle est fixée une voile, et le hunier est la deuxième voile, pas la première, qui se hisse très haut au-dessus du pont ; ainsi, votre cher mari a fait preuve d'un courage supplémentaire pour atteindre la voile au-dessus de celle qu'on l'avait mis au défi d'atteindre.

Après être monté à cette hauteur étourdissante, je me suis risqué à avancer sur le gréement pour m'asseoir au milieu et admirer la vue, ce qui est habituellement réservé aux marins et aux mouettes ! L'océan s'étend à perte de vue à l'horizon et le paysage n'est troublé que par une vague occasionnelle. Mais j'ai réussi à apercevoir une sirène ! Enfin, c'est ce que j'ai cru quand j'ai vu sa queue sortir de l'eau et s'élever dans les airs. Mais je crois que c'est une créature marine bien différente que j'ai aperçue en réalité. Probablement une baleine. Et quand je me suis risqué à regarder en bas, j'ai découvert une foule de visages souriants levés vers moi. Tous les marins qui n'étaient pas à leur poste s'étaient rassemblés pour assister à ma tentative, dans l'espoir sûrement de me voir échouer et faire une chute mortelle ! Et quand j'ai osé me lever, pieds nus, et me tenir droit, agrippé aux cordes et me balançant avec elles, je me suis incliné devant mon public d'un geste aussi grand que possible dans une position aussi précaire. Ils m'ont alors acclamé avec enthousiasme, ce qui m'a fait rire, et je me suis incliné une deuxième fois. Ma prestation vous aurait plu, mon délice. Et ce n'était pas la fin de mon aventure, car après avoir retrouvé la sûreté du pont, plusieurs hommes se sont oubliés au point de me considérer comme l'un des leurs ; ils se sont précipités vers moi, m'ont soulevé dans les airs et m'ont acclamé avec toujours autant d'enthousiasme. Notre ribote se serait poursuivie si leur maître n'était pas venu interrompre les festivités et ordonner que ses hommes se remettent au travail.

Mais je vous en prie, ma chérie, ne vous inquiétez pas, car je ne me suis pas mis en danger et je n'ai pas été cavalier avec ma propre mortalité. Ma vie est maintenant liée à la vôtre, je ne ferais donc jamais rien qui pourrait la mettre en péril. Sur mon honneur. Je vous aime trop pour risquer de nouveau ma vie et mon intégrité physique. C'est pour vous que je vis maintenant, et tout ce à quoi je pense, c'est à vous et à mon retour à vos côtés.

J'admets avoir été mis au défi, comme je vous le disais plus tôt. Mais sachez que je n'aurais jamais tenté l'aventure si je n'avais pas été sûr d'y arriver. J'ai attendu un jour où l'eau était calme, le bateau ne roulait donc pas, ce qui a grandement facilité mon ascension. Et vous savez que je suis un expert pour grimper aux arbres, et ma force supérieure m'a bien servi, car elle m'a permis de monter sur le mât et le long des cordes avec une aisance étonnante. J'ai beau être deux fois plus large que ces marins qui se déplacent sur tout le navire tels des singes dans un arbre, je suis tout aussi agile qu'eux et mes poignets sont plus puissants que les leurs. Néanmoins, je reste admiratif de leur capacité à monter et descendre le long des mâts et à se déplacer sur les vergues pour ajuster le gréement et les voiles, ou pour se mettre en vigie, car il s'agit d'un métier dangereux pour lequel il faut avoir le cœur bien accroché.

Nous avons accosté. Cinq jours ont passé depuis la dernière fois que j'ai pris ma plume et je suis heureux de vous avoir parlé de ces moments plus heureux et insouciants passés à bord, car c'est désormais impossible. Nous avons jeté l'ancre dans le port de ce qui peut seulement être décrit comme l'enfer sur terre. Ceux qui sont déjà venus ici m'assurent que la Barbade était un véritable paradis. Mais cet endroit n'existe plus. Il n'y a plus d'habitants, plus de bâtiments, plus de végétation, seulement un paysage dévasté et des terres à l'abandon. Mes capacités de description ne sauraient rendre justice à la désolation et à la souffrance causées par l'ouragan qui est passé par cette île. Les vents étaient tellement puissants que l'écorce des arbres a été arrachée. L'armurerie n'est plus. Les bâtiments en pierre ont été réduits en ruines. Un canon de plus de cinq kilos a été traîné sur une distance de cent-trente mètres par les courants. Il faudra compter de nombreuses années pour que cet endroit soit de nouveau habitable, si cela est même possible.

Cette expérience a dû être terrifiante pour tous ceux qui ont été touchés, et mes pensées se tournent vers mon père et sa jeune famille. Quelles souffrances, quelles terreurs ont-ils bien pu subir avant leur mort ? Non seulement lui et ses enfants, mais également toutes les pauvres âmes qui vivaient sur cette île. On nous a dit que des milliers de personnes avaient perdu la vie, et de nombreux autres milliers dans les îles environnantes. Les flottes britanniques et françaises ont été décimées. Aucun fort, aucune maison, rien n'est resté debout. Pardonnez-moi si je me répète, mais le carnage dépasse l'entendement, et c'est votre époux, qui s'est rendu sur des champs de bataille et a observé des carnages de près, qui vous le dit.

Je suis revenu à bord du bateau pour manger, dormir et conclure cette lettre afin qu'elle puisse partir avec l'un des deux navires qui s'en sont sortis en périphérie de la tempête et qui sont entrés dans le port pour proposer de l'aide. Ces deux bateaux vont maintenant retourner en Angleterre avec de la correspondance et pour aller chercher des provisions. Je retourne sur l'île demain matin pour me rendre une nouvelle fois dans ce qu'il reste de la maison de mon père pour l'exhumation officielle de son corps. Dieu sait dans quel état il est et si j'aurai le cran de le regarder, mais je serai accompagné du chirurgien du bateau, à qui je pourrai indiquer que mon père devrait porter les traces d'une fracture guérie sur son bras gauche, information qui m'a été confiée par ma cousine la duchesse. Mr. Plume, que j'estime être un homme bien et qui est très direct, m'a également indiqué que selon ses propres souvenirs, mon père s'est fait arracher plusieurs dents au fil des ans.

Comme vous pouvez l'imaginer, je veux seulement mettre cette horrible histoire derrière moi pour pouvoir avancer. Mais je comprends à quel point tout cela est nécessaire pour mon héritage et notre avenir, car tant qu'un soupçon de doute perdurera quant à la mort de mon père, je ne pourrai pas revendiquer mon héritage avec assurance.

Nous en avons discuté avant mon départ, et je vais tenir ma parole et faire tout ce qui est en mon pouvoir pour retrouver les enfants de mon père, morts ou vivants. Mr. Plume et plusieurs esclaves de mon père maintiennent qu'il est impossible qu'ils aient survécu, mais tant que leurs corps n'ont pas été retrouvés, comment en être certain ? Peut-être ne le saurons-nous jamais. Mais s'ils sont retrouvés vivants, je leur proposerai un moyen sûr de rejoindre l'Angleterre, je m'assurerai qu'ils reçoivent leur héritage et je veillerai à ce qu'ils soient installés correctement, à la hauteur de l'amour et de l'attention que mon père leur témoignait. Si ce sont leurs corps qui sont retrouvés, je leur organiserai un enterrement en bonne et due forme, près de la tombe de mon père. C'est le moins que je puisse faire. Quant aux hommes qu'il possédait, j'abhorre l'idée même de l'esclavage humain, comme vous le savez, je leur accorderai donc leur liberté ainsi que toute compensation que je pourrai leur proposer pour qu'ils puissent commencer une nouvelle vie. Je sais que vous partagez mon avis sur la question. Charles et Mary m'ont donné leur accord, mais je l'aurais fait quoi qu'il arrive.

Mr. Farrier estime que je devrais me reposer, et il a raison. Je vais donc conclure cette lettre et la sceller d'un baiser, avec tout mon amour. Je suis impatient de rentrer et de retrouver le réconfort et la chaleur de vos bras. Ne me jugez pas égoïste de ne pas vous demander comment se passent les aménagements de Fitzstuart Hall, si vous vous habituez à votre quotidien de maîtresse de maison ou si ma mère s'est montrée agréable, sinon charmante. Elle s'opposera jusqu'au bout à son installation dans la maison douairière, ce qui n'a rien à voir avec vous et tout à voir avec le genre de femme qu'elle est. Je vous fais entièrement confiance pour vous occuper d'elle avec toute votre dextérité diplomatique, que vous avez sans doute héritée de votre grand-père.

Je passe une bonne partie de mon temps à penser à vous et à la vie que nous allons bâtir à Fitzstuart Hall, et cela me réconforte de savoir que vous y êtes, en sécurité, que vous m'y attendez et que j'ai trouvé en vous une compagne qui peut, grâce à sa sérénité et sa douceur, gérer toutes sortes de crises domestiques (et même ma mère inflexible). Et je sais que vous supportez tout cela parce que vous m'aimez, et pour cette raison, je vous aime d'autant plus.

Avec tout mon amour et mes baisers,
Dair le Pirate

Jonathon, le très noble duc de Kinross, appartement 6, Forrester's Wynd, Lawnmarket, High Street, Édimbourg, Écosse, à Antonia, la très noble duchesse de Kinross, Crecy Hall via Alston, Hampshire.

Appartement 6, Forrester's Wynd, Lawnmarket, High Street,
Édimbourg
Septembre 1777

Désir de mon cœur, chérie,

J'ai lu votre lettre à trois reprises. Elle est posée près de moi, ouverte, et je viens de la lire une nouvelle fois. Ma main tremble, mon cœur bat la chamade et le sang bat dans mes tempes. Mes membres sont devenus aussi flasques que du sabayon.

Une chaise venait de me déposer en bas des marches de mon logement dans la capitale quand un messager m'a tendu votre lettre. J'étais accompagné d'un groupe de messieurs rougeauds qui étaient venus parler dettes, crédits et avenir. Ils sont tous liés d'une façon ou d'une autre à mon statut – il y avait des avocats, des membres de ma famille, un banquier, mon régisseur et deux propriétaires terriens de la région, qui passent plus de temps à Édimbourg que sur leurs domaines. J'ai réglé les dettes de mon grand-oncle, à l'immense satisfaction de tous, et cela a fait de moi le héros du jour. Tout cela pour vous dire que votre époux était entouré par un groupe d'hommes robustes, qui m'arrivaient à peine à l'épaule, quand il a été émasculé par votre nouvelle et s'est retrouvé au bord du malaise. Mes jambes se sont dérobées sous moi et je me suis jeté sur l'épaule de l'homme le plus proche, que j'ai utilisée comme soutien pour éviter de tomber la tête la première sur le dallage. Ils ont dû croire que je faisais une crise cardiaque après notre ascension, car cet endroit est très escarpé et il y a des marches partout.

Je me suis senti très sot de réagir ainsi à votre nouvelle, et en même temps je m'en moquais, car vous avez fait de moi le plus heureux des hommes, et je n'étais pas le seul à me réjouir. Quand les hommes autour de moi ont appris la nouvelle, ils ont poussé un « hourra ! » qui a bien failli me rendre sourd et qui n'a fait que renforcer ma gêne. Et maintenant, je souris comme un imbécile, car je ne pensais pas pouvoir être plus heureux que le jour de notre mariage, quand j'ai glissé une alliance à votre doigt et que vous êtes devenue mienne.

Ne vous avais-je pas dit que nous aurions un enfant, chérie ? Parvati a exaucé mes prières ! Est-ce que j'ai de la compassion pour vous quand vous me dites que vous êtcs malade chaque matin et que vous ne supportez ni l'odeur ni le goût de votre boisson favorite ? Bien sûr ! Mais cela n'efface pas mon sourire. Rien ne peut l'effacer. J'ai l'impression de marcher sur un petit nuage, et tous ceux que je croise doivent penser que j'ai perdu la tête. Mais peu importe.

Une chose est sûre : je vais revenir auprès de vous le plus rapidement possible. Ce qui importe le plus, c'est que je sois avec vous, et non à des centaines de kilomètres. Mon régisseur, mon avocat, mon banquier et tous ceux qui ont une influence sur le domaine sont d'accord avec moi. L'importance de votre grossesse pour ces gens, pour mon domaine et pour tous ceux qui comptent sur moi maintenant que je suis leur laird et duc ne saurait être assez soulignée. Mon accession au duché leur a donné de l'espoir, mais votre annonce leur donne un avenir.

Je vais donc rentrer aussi rapidement que possible. Si je peux compter sur des chevaux rapides et une météo favorable, je devrais pouvoir retrouver vos bras d'ici la fin du mois. Vous pourrez alors m'admonester autant que le cœur vous en dira pour l'état dans lequel vous vous retrouvez, et à votre âge, comme vous dites. Ha ! L'âge n'a aucune importance à nos yeux, vous rappelez-vous ? N'essayez même pas d'utiliser cette excuse avec moi, même si je suis sûr que vous vous fustigez tous les matins, car ce qui vous a mis dans l'embarras, c'est d'être tombée amoureuse d'un homme qui vous trouve excessivement désirable et qui, si cela était en son pouvoir, vous ferait l'amour dix fois par jour.

Peut-être êtes-vous embarrassée d'être tombée enceinte « à votre âge » ? Aviez-vous la même impression quand vous étiez enceinte de vos fils ? Bien sûr que non ! Pourquoi aurait-ce été le cas ? Et je suis persuadé que monseigneur s'est pavané comme un coq primé à Dartmouth quand vous lui avez annoncé qu'il serait père, et ce alors que lui-même était d'âge mûr. Je vous préviens donc, votre époux a bien l'intention de se pavaner autant et aussi fièrement que monseigneur. Et j'ai déjà commencé ! Car quand mes proches venus de Fife avec moi m'ont félicité avec enthousiasme, je suis sûr d'avoir gonflé la poitrine et arboré un immense sourire. Oui. Et assurément, ma poitrine s'est gonflée encore un peu plus quand ces hommes ont exprimé leur joie et leur enthousiasme à l'idée que leur nouveau duc, qui détient ce titre depuis moins d'un an, soit déjà marié et qu'à présent, il assure un héritier au duché pour la nouvelle année. J'avais donc des raisons de gonfler la poitrine et de me pavaner.

Je devrais vous parler un peu de mon séjour dans la capitale écossaise, l'endroit le plus vallonné qu'il m'ait jamais été donné de visiter. Le château surplombe la ville du haut de son rocher escarpé et n'est pas sans rappeler un furoncle sur le derrière d'un géant vert, protubérant et douloureux, alors que tout ce qu'il y a autour est agréable, vert et humide. Malgré tout, c'est une vue majestueuse qui réchauffe le sang écossais qui coule dans mes veines.

Je ne peux pas blâmer les habitants au visage sévère, qui vaquent à leurs occupations avec solennité, circonspection et détermination. Ils vivent dans des maisons de ville très hautes, qui sont composées de six à huit étages, avec parfois plusieurs familles au même étage. Il n'y a aucune distinction sociale dans les divers quartiers, les pauvres et les riches vivant très proches les uns des autres, parfois dans les mêmes bâtiments, et c'est uniquement le nombre de pièces de leur logement et l'étage auquel il se trouve qui donnent une indication quant à leur statut. Les étages du haut et du milieu sont habités par les riches et les gens de haut rang, et les pauvres s'entassent dans les étages inférieurs. Ce qui tranche complètement avec la façon de faire londonienne, n'est-ce pas, car là-bas, les domestiques logent dans le grenier. Ce n'est pas le cas ici. Un projet a été soumis pour l'aménagement d'une ville sur l'autre rive du *loch* qui sépare le château et ses environs du reste des Lowlands. Si ce projet doit voir le jour, j'investirai dedans, car je veux que ma duchesse et notre enfant vivent dans une bâtisse qui possède le confort et la grandeur qu'ils méritent. De plus, le marchand en moi m'indique qu'il s'agirait d'un excellent investissement.

De nombreux riches marchands, ainsi que les personnes titrées, vivent hors de l'enceinte de la ville, dans des demeures à la hauteur de leur rang. Et c'est seulement quand on voyage plus loin, qu'on traverse le Forth et qu'on s'enfonce dans la région de

Fife et plus loin encore, qu'on rencontre des domaines équivalents à ceux que l'on retrouve en Angleterre, d'immenses demeures au milieu de parcs. J'ai entendu dire que dans l'un de ces domaines, une serre avait été construite pour y faire pousser des fruits exotiques, et que son lord avait construit pour sa lady une grande structure qui ressemble à un ananas. J'aimerais énormément voir cela, et peut-être que quand nous reviendrons ici tous les deux l'été prochain, nous pourrons partir à la recherche de cet ananas par nous-mêmes. Je pourrais commencer à me renseigner et demander à mon régisseur d'écrire à Sa Seigneurie pour lui demander si nous pouvons lui rendre visite. Votre filleule Rory serait très envieuse si nous allions voir cette réplique en pierre de son fruit préféré.

Je me rends bien compte que cette courte excursion dans mon milieu est très insuffisante pour quelqu'un comme vous, qui avez une soif insatiable de savoir, mais je dois malgré moi conclure cette lettre et la faire envoyer immédiatement pour que vous puissiez la recevoir le plus rapidement possible. Pendant les prochains jours, je dois assister à plusieurs réunions dans la capitale afin de régler mes affaires dans le nord jusqu'à mon retour au printemps. Heureusement, je fais entièrement confiance à mon régisseur, un gentleman du nom de Mr. Colin Record — nom qu'il porte d'ailleurs très bien, car il s'occupe de tout en un temps record. Entre lui et Ffolkes – à qui j'ai donné procuration et qui va rester ici pour faire l'inventaire de la bibliothèque à sa convenance –, je suis certain que les réparations et rénovations du domaine vont continuer à bonne allure en mon absence.

Je compte les heures qui me séparent de vos bras, je suis impatient de pouvoir de nouveau céder à [*censuré*]. Vous manquez à [*censuré*], qui me le fait savoir chaque matin. Êtes-vous autant [*censuré*] que [*censuré*] ? Seigneur, ce désir me donne l'impression d'être de nouveau un garçon de quinze ans qui a besoin de [*censuré*], et c'est entièrement votre faute, espèce de diablesse. Un homme a-t-il jamais désiré une femme autant que je vous désire ? Je vais [*censuré*] et [*censuré*], et vous allez [*censuré*].

Votre coq qui se pavane,

K

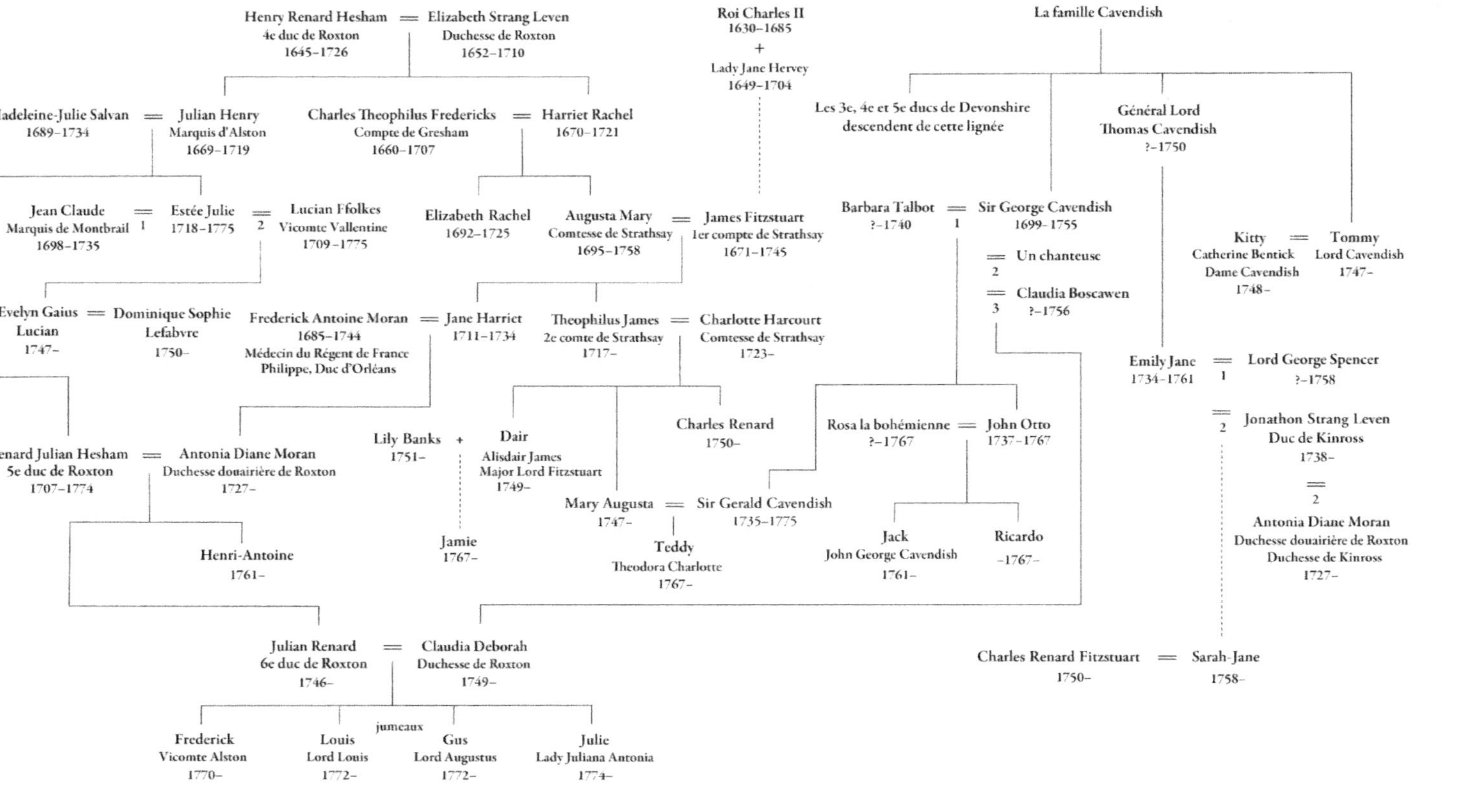

La famille Cavendish

Roi Charles II
1630–1685
+
Lady Jane Hervey
1649–1704

Les 3e, 4e et 5e ducs de Devonshire
descendent de cette lignée

Général Lord
Thomas Cavendish
?–1750

Henry Renard Hesham
4e duc de Roxton
1645–1726
=
Elizabeth Strang Leven
Duchesse de Roxton
1652–1710

Madeleine-Julie Salvan
1689–1734
=
Julian Henry
Marquis d'Alston
1669–1719

Charles Theophilus Fredericks
Compte de Gresham
1660–1707
=
Harriet Rachel
1670–1721

Barbara Talbot
?–1740
1
Sir George Cavendish
1699–1755
2 Un chanteuse
3 Claudia Boscawen
?–1756

Kitty
Catherine Bentick
Dame Cavendish
1748–
=
Tommy
Lord Cavendish
1747–

Jean Claude
Marquis de Montbrail
1698–1735
=
1 Estée Julie
1718–1775
2 Lucian Ffolkes
Vicomte Vallentine
1709–1775

Elizabeth Rachel
1692–1725

Augusta Mary
Comtesse de Strathsay
1695–1758
=
James Fitzstuart
1er compte de Strathsay
1671–1745

Emily Jane
1734–1761
=
1 Lord George Spencer
?–1758
2 Jonathon Strang Leven
Duc de Kinross
1738–
=
2
Antonia Diane Moran
Duchesse douairière de Roxton
Duchesse de Kinross
1727–

Evelyn Gaius
Lucian
1747–
=
Dominique Sophie
Lefabvre
1750–

Frederick Antoine Moran
1685–1744
Médecin du Régent de France
Philippe, Duc d'Orléans
=
Jane Harriet
1711–1734

Theophilus James
2e comte de Strathsay
1717–
=
Charlotte Harcourt
Comtesse de Strathsay
1723–

Renard Julian Hesham
5e duc de Roxton
1707–1774
=
Antonia Diane Moran
Duchesse douairière de Roxton
1727–

Lily Banks
1751–
+
Dair
Alisdair James
Major Lord Fitzstuart
1749–

Charles Renard
1750–

Rosa la bohémienne
?–1767
=
John Otto
1737–1767

Jamie
1767–

Mary Augusta
1747–
=
Sir Gerald Cavendish
1735–1775

Jack
John George Cavendish
1761–

Ricardo
–1767

Henri-Antoine
1761–

Teddy
Theodora Charlotte
1767–

Julian Renard
6e duc de Roxton
1746–
=
Claudia Deborah
Duchesse de Roxton
1749–

Charles Renard Fitzstuart
1750–
=
Sarah-Jane
1758–

jumeaux

Frederick
Vicomte Alston
1770–

Louis
Lord Louis
1772–

Gus
Lord Augustus
1772–

Julie
Lady Juliana Antonia
1774–

LETTRES DE
LA FIÈRE MARY

La Fière Mary
LETTRE I

Kate, Lady Paget, Casa Rosa, vicino Ponte di Marmo via Borra, Quartieri Veneziato, Livorno, to His Grace the Most Noble [5th] Duke of Roxton, the White House, Third Hill Residences, Constantinople.

Casa Rosa, vicino al ponte di marmo di via Borra,
Quartieri Veneziano, Livorno
August, 1767

Mon cher Roxton,

Vous m'avez demandé dans votre dernière lettre de vous parler un peu de Livourne. J'ai été très surprise d'apprendre que vous n'avez jamais visité cette ville, que vous n'êtes pas passé par son port en vous rendant à Rome. Je me suis ensuite rappelé que vous m'aviez dit avoir voyagé par les terres au départ de Paris afin de pouvoir visiter Milan, Modène et Florence avant de vous rendre à Rome, et que vous aviez une raison bien spécifique de vouloir passer par Modène. Mais Antonia m'a confié dans sa lettre que le médecin que vous avez consulté là-bas à propos de la maladie de votre jeune fils avait été incapable de vous offrir des réponses, et encore moins de l'espoir !

Je prie pour que vous ayez l'occasion, maintenant que vous êtes installés à Constantinople, de consulter des médecins de tout l'Islam qui, vous l'espérez, auront de plus vastes connaissances sur le mal caduc et son traitement que nos médecins occidentaux. Par ailleurs, peut-être qu'un changement de décor et de régime offrira à votre petit garçon un peu de répit dans ses crises ?

Et avant d'oublier (encore une fois !) et de vous parler un peu de ma ville d'adoption, j'aimerais vous envoyer tout mon amour, à vous et Antonia, maintenant que vous êtes réunis avec votre fils héritier. Combien d'années ont passé depuis la dernière fois que toute la famille a été réunie ? Julian doit avoir beaucoup changé, et je ne parle pas seulement de son apparence. D'après ce que vous m'avez transmis des lettres de son parrain, il est devenu un jeune gentleman digne de ce nom et dont vous êtes légitimement très fier. Je n'ai pas besoin de vous rappeler que je comprends parfaitement que ces retrouvailles vous aient inquiété et que vous espériez qu'elles dépasseraient vos attentes, surtout pour le bien d'Antonia. Et j'espère que vous m'écrirez pour me raconter cet événement des plus encourageants et m'assurer que la mère de votre fils a retrouvé son enfant à la satisfaction partagée de tous, ce qui me rassurerait beaucoup.

Je me suis encore éloignée de mon objectif, n'est-ce pas ? Voici donc mon précis sur Leghorn, comme nous les Anglais l'appelons, bien que je fasse de mon mieux pour appeler la ville par son nom local de Livorno.

Cette ville fortifiée est composée d'une grande diversité ethnique : des Maures, des Arabes, des Turcs et toutes sortes d'Européens habitent ici, et j'imagine que c'est normal pour une ville portuaire dont les bateaux arrivent de toutes les régions de la Méditerranée et de plus loin encore. L'eau du port est peu profonde, ces navires s'approchent donc autant que possible du rivage, puis leur cargaison est déchargée sur des bateaux plus petits qui ramènent le tout sur la terre ferme. Ces produits sont ensuite triés sur le quai, puis ils sont transportés dans d'immenses entrepôts où ils sont triés une nouvelle fois. Les fonctionnaires qui supervisent ces opérations ne sont pas là pour collecter des droits de douane, car cet État souverain s'est affranchi de ces taxes, mais pour veiller à maintenir l'ordre et s'assurer que le transfert de marchandises se déroule sans incident et sans que rien ne soit volé.

Toutes sortes de marchandises passent par ce port : des céréales, du tabac, du sucre, mais aussi, et cela pourrait vous surprendre (j'ai moi-même été surprise) une surabondance de morues et de harengs séchés. Pourquoi donc, me demandez-vous ? Ce poisson sert à nourrir la population locale et régionale le vendredi, jour où les papistes ont l'interdiction de consommer de la viande et des produits laitiers de quelque sorte que ce soit, mais également la veille des jours de fête. Mon intendante me disait qu'entre toutes les célébrations religieuses, les vendredis, les samedis et les jours de carême, les catholiques passent plus d'un tiers de l'année sans viande, œufs, beurre, fromage et saindoux ! Vous imaginez, vous passer d'un bon œuf le matin ou ne pas verser de lait dans votre thé ou votre café ? Vous ne toléreriez certainement pas de telles règles, et j'ose imaginer que si vous étiez papiste, vous feriez un pied de nez aux cardinaux et à l'Inquisition, et si je vous connais aussi bien que je le pense, vous vous en sortiriez même impunément. Soyez maudit !

Néanmoins, malgré ces règles papistes et les figures sinistres de l'Inquisition qui rôdent dans l'ombre, espérant se jeter sur tous ceux qui oseraient s'opposer aux enseignements de l'Église et manger de la viande un vendredi, cette ville est remarquablement tolérante à l'égard des autres croyances. Mais c'est seulement dû à l'opportunisme de nos sages dirigeants. Les Médicis, en dépit de leur anoblissement, étaient en premier lieu des banquiers et des marchands, ils restent donc très pragmatiques. Et quand le commerce prospère, l'argent passe avant Dieu.

Les chrétiens, qu'ils soient catholiques ou protestants, les juifs et les islamistes peuvent tous exercer leur culte librement et sans crainte. La ville renferme des synagogues, des temples et même un cimetière anglais !

Ainsi, si je devais mourir ici demain, je pourrais tout à fait être enterrée dans une terre protestante consacrée. J'ai entendu dire qu'il s'agissait du seul cimetière anglais de tous les États italiens. Il est clôturé et bien entretenu, et de nombreux riches marchands y reposent sous d'impressionnants monuments.

Ce cimetière anglais pourrait laisser croire qu'une importante communauté de nos citoyens habite à Livourne, mais ce n'est pas le cas. Il s'agit d'une petite communauté, composée seulement de quelques dizaines de familles. Mais elles ont un grand rayonnement économique, et étant donné notre prédominance commerciale, elles savent parfaitement faire entendre leurs envies et leurs besoins. La British factory (c'est ainsi qu'est appelée l'alliance des marchands anglais) est une société commerciale parfaitement organisée qui s'en sort très bien.

Bien sûr, ce sont tous des marchands pure souche, et pour vous dire à quel point ils rêvent de fréquenter la haute société, quand ils ont appris que la veuve d'un lord amiral maintes fois décoré s'était installée en ville, ils ont agi comme si la reine en personne était arrivée parmi eux ! Vous ricanez et secouez la tête, mais c'est la vérité. Je n'ai pas dîné chez moi depuis plus d'un mois, et même si je me réjouis qu'on m'honore et qu'on me fasse des courbettes, je préférerais, à cette période de ma vie, mener une existence plus tranquille, surtout avec ma vue qui baisse et qui ne me permet plus d'évaluer aussi bien que je le voudrais l'atmosphère des pièces dans lesquelles je me trouve.

Je regrette l'époque où je pouvais croiser votre regard à l'autre bout d'un salon bondé et hausser un sourcil de concert avec vous face à la tenue excentrique de quelque créature ou à l'affreuse perruque d'un dandy lui donnant l'air d'avoir un caniche sur la tête, suite à quoi vous faisiez la grimace, me poussant à cacher mon sourire derrière mon éventail. Mais ce qui me manque le plus, c'est de voir votre regard vide, celui par lequel, j'en suis convaincue, vous pouvez regarder directement à travers ceux qui vous ennuient et faire en sorte qu'ils deviennent des fantômes qui pourraient tout aussi bien ne pas être là, car c'est toute l'importance que vous accordez à leur conversation ou à leur discours obséquieux.

Maintenant que j'y pense, Livourne ne vous plairait pas du tout. Vous pourriez apprécier les maisons de ville le long des canaux de la Via Borra où se trouve mon appartement, maisons qui sont uniformes, spacieuses et ne sont pas sans rappeler les rues vénitiennes, mais les gens que je fréquente ne vous conviendraient pas. Vous pourriez peut-être venir ici incognito, en laissant votre couronne ducale à l'entrée des fortifications. Mais si vous veniez en tant que Sa Grâce de Roxton, vous seriez vite lassé. Par ailleurs, cette ville n'est pas assez grande pour nous deux ! Ha !

[Paragraphe illisible de quatre ou cinq phrases.]

J'aurais dû commencer une nouvelle page, ou peut-être même une autre lettre, et vous envoyer ce que j'avais déjà écrit, mais je ne le pouvais pas, car vous auriez pu croire qu'il m'était arrivé quelque chose de fâcheux pour que je termine une lettre aussi banale de façon aussi abrupte.

Oh, mon très cher ami ! J'ai une merveilleuse, vraiment merveilleuse nouvelle à vous annoncer. Mon fils – et il m'a donné la permission de l'appeler ainsi en privé, même s'il va continuer à m'appeler Kate tant que ses parents adoptifs seront en vie – a quitté Lucques et m'a rejointe. Oui ! Christopher est ici, chez moi. En vérité, j'ai commencé ma lettre il y a deux semaines de cela ; il est arrivé alors que j'étais à mon bureau, et j'ai été tellement choquée de le voir que j'ai renversé mon encrier sur la feuille et l'ai complètement oubliée. Je sais que vous me le pardonnerez.

Depuis que Christopher est arrivé, lui et moi passons chaque instant de nos journées à parler, et je fais partie de l'avenir qu'il évoque… Renard, je ne saurais vous expliquer toute l'euphorie que je ressens, sauf peut-être en la comparant à ce que j'ai ressenti la première fois que je l'ai tenu dans mes bras, à sa naissance. Ce sentiment est si puissant, si écrasant, que même maintenant, alors que je vous écris pour vous annoncer cette nouvelle, mes yeux se remplissent de larmes, ce qui ne fait rien pour arranger ma vue déjà mauvaise ! Alors je vous en prie, pardonnez à cette vieille dame son écriture et les taches sur la page.

Auriez-vous pu prévoir une telle issue ? Je sais que vous espériez, tout comme moi, que mon garçon retrouverait la raison et se rendrait compte que tout ce que j'ai toujours voulu, c'est avoir une petite place dans sa vie. Quand je vous avais écrit pour vous raconter ma première et unique rencontre avec lui en fin d'année dernière, il faisait encore partie du triangle De Nobili. J'étais convaincue qu'il avait l'intention de poursuivre sa vocation de sigisbée et serait à jamais connu sous le nom de Cristoforo.

Vous vous demandez sans doute ce qui a bien pu le faire changer alors qu'il était le compagnon et l'amant contractuel des épouses d'autres hommes depuis dix ans. Son dernier contrat le liait à Maddalena De Nobili, l'épouse d'un comte lucquois politiquement influent qui était tellement attachée à lui en tant que compagnon et amant qu'elle lui avait demandé, non, l'avait supplié, de renouveler son contrat pour deux années supplémentaires, et son mari avait joint sa voix à la sienne !

Je ne comprendrai jamais que de tels accords puissent être passés aussi civilement, à travers des contrats légalement engageants, et que toutes les parties concernées, en particulier l'époux et le reste de la communauté, puissent considérer ces « triangles amoureux » comme quelque chose d'ordinaire. Personne ne regarde les sigisbées de haut et tous voient ce statut comme un honneur et un tremplin menant plus haut. Les jeunes gentilshommes de l'aristocratie italienne se bousculent pour décrocher de tels postes, et les gens me disent que le fait que Christopher ait été accepté comme l'un d'entre eux, et qu'il soit par ailleurs très demandé, est réellement un immense honneur.

Vous devez lever les yeux au ciel en lisant que je n'approuve pas que mon fils fasse partie d'un ménage à trois de la sorte. Non, je ne me montre pas prude, et vous le savez très bien ! Après tout, vous pourriez estimer qu'il ne fait que suivre mon exemple licencieux, ou au minimum, celui de son père biologique. Sir George n'avait rien d'un saint, que ce soit dans la chambre à coucher ou en dehors. Mais ce qui me dérange, ce sont les tâches nombreuses et variées qui incombent à Christopher en tant que sigisbée d'une femme mariée, en dehors de la chambre à coucher. Je veux parler de la nature servile d'un tel poste, du fait qu'il doit obéir au doigt et à l'œil à cette femme, et que non seulement son mari le tolère, mais fait en plus partie de tout cela ! Vous n'auriez jamais plié devant un tel arrangement. Vous glisser dans le lit d'une femme mariée, oui, mais prendre la place de son époux au théâtre ainsi que durant les promenades et autres occasions de ce genre, et devoir aller lui chercher et lui tenir son éventail, certainement pas ! Votre arrogance ne vous aurait jamais laissé devenir le petit chien de qui que ce soit.

Je ne devrais pas calomnier un arrangement qui m'est tout aussi étranger que le catholicisme et la nourriture locale (bien que la nourriture me plaise !). Après tout, ce n'est ni mon pays, ni mon cercle social. Mais c'est mon fils, un Anglais pure souche, et je préférerais largement le voir devenir un écuyer aux bottes boueuses qu'un polisson croulant sous la soie et le parfum d'une comtesse italienne peinturlurée.

Non ! Je ne dois vraiment pas être dans mon assiette pour souhaiter que mon fils retourne dans la cambrousse des Cotswolds où il a grandi, alors que quand il était petit, j'ai toujours déploré cette éducation provinciale. Riez tant que vous le voulez ! Mon souhait le plus cher est assurément devenu réalité, car après avoir vécu pendant dix ans au sein de la noblesse toscane, il s'est transformé en un gentleman des plus raffinés et accomplis. Quand il se déplace, il ne marche pas, il glisse. Il ne se contente pas de bouger, il ondule. Il ne parle pas, il fait la conversation, et ce dans trois langues différentes si nécessaire. Il danse comme un professionnel, pourrait défendre sa vie à l'épée, sait jouer de la mandore et de l'alto, et il vous égale en élégance vestimentaire. Et si toutes ces choses sont bien la preuve de son assiduité en tant que disciple du sigisbéisme et de sa transformation complète, on peut certainement étendre cela à la chambre à coucher et supposer avec assurance que c'est un amant accompli et que comme vous, il est tout à fait capable de satisfaire ses amantes à tous les niveaux.

Suis-je jalouse, me demandez-vous ? Eh bien, oui ! Bien évidemment ! Quand je pense qu'il donne de son temps et de ses talents pour ces femmes, et ce avec la permission de leur époux, alors que je n'ai même pas pu faire sa connaissance en me faisant passer pour sa tante quand il était enfant pour éviter que ma débauche ne l'infecte, j'ai l'impression d'avoir avalé une arête de travers. Mais je peux vous entendre dire que j'ai fini par avoir le dernier mot, puisque mon fils illégitime, élevé en tant que fils d'un écuyer, est passé de bon à rien de la cambrousse à papillon de l'aristocratie ! Ce doit donc être dans son sang, et peu importe la quantité de foin ratissé ou de cidre avalé, rien n'aurait pu changer quoi que ce soit. J'ai gagné, n'est-ce pas ?

Mais c'est une victoire insignifiante, car malgré le mépris qu'ils ressentent pour moi, je ne souhaite aucun mal à ma sœur et à son époux. Mais je vous mentirais, et je me mentirais à moi-même, si je n'admettais pas que quand Christopher m'a dit qu'il avait reçu une lettre de son père adoptif lui annonçant que ma sœur, sa « mère », est malade, je n'ai pas été aussi bouleversée que j'aurais dû l'être. Mais j'ai essayé de faire comme si, pour lui.

Je regrette que ma sœur soit malade, et je suis excessivement reconnaissante qu'elle et mon insipide beau-frère aient élevé Christopher comme leur propre fils, mais c'est l'annonce de sa maladie qui a servi de catalyseur à sa décision d'abandonner son mode de vie ici en Toscane. Il a d'ailleurs décidé de quitter complètement l'Italie et de retourner en Angleterre, à son chevet.

Et suis-je jalouse qu'il ait fallu que ma sœur tombe malade pour qu'il retrouve la raison ? Oui, bien sûr. Mais je ne laisse rien paraître, car il ne comprendrait pas ma rancœur. Et je ne voudrais pas mettre en péril l'équilibre délicat de notre réconciliation. Ainsi, je me mords la langue, je hoche la tête, et j'approuve et je m'engage dans tous ses projets. J'entends dans sa voix l'amour qu'il éprouve pour Sophie, et le fait que c'est elle qu'il considère comme sa vraie mère, même si c'est moi qui l'ai porté et ai subi la douleur de l'accouchement pour le mettre au monde.

Et en dépit de l'animosité qui existe entre lui et ses « parents » parce qu'ils lui ont caché la vérité à propos de ses origines, ce qui l'a poussé à fuir sur le continent, il les aime et leur a pardonné. Et je sais que mes lettres de supplication et mon installation ici pour être plus proche de lui n'ont eu aucune influence sur sa décision. Il faut que je vive avec, que je l'accepte et que je sois reconnaissante qu'on m'accorde une petite partie de lui.

J'ai demandé à Fran de me préparer un café et je suis montée dans la tourelle qui offre une superbe vue sur le port, pour m'éclaircir les idées, mais aussi parce que Christopher voulait me parler de l'avenir. Je suis maintenant revenue, avec les pensées plus claires, et j'aimerais vous demander pardon pour cette lettre qui a commencé d'une façon et s'est terminée de façon très différente.

Je vous écrirai une autre lettre bientôt, pour vous faire part de mes projets et de ce que l'avenir nous réserve, à moi et mon fils. Ah ! Pouvoir écrire ces deux mots fait chanter mon cœur.

Transmettez mon amour à Antonia, et dites-lui que je pense à elle et à ses deux fils, d'autant plus maintenant que j'ai la possibilité d'être de nouveau une mère. Profitez bien de votre séjour chez les Ottomans. Vous me demandiez dans votre lettre précédente si je voulais que vous me rapportiez un petit quelque chose en Angleterre. Oui, merci. Vous pouvez me rapporter un turban en soie, ou peut-être l'un de ces châles qui me fera passer pour une matrone respectable, bien que je puisse vous assurer que je n'en serai jamais une !

Au revoir, mon très cher ami,
Avec tout mon amour,
Kate

La Fière Mary
Lettre 2

Kate, Lady Paget, Casa Rosa près du Ponte di Marmo, Via Borra, quartier vénitien, Livourne, à Sa Grâce le très noble [5ᵉ] duc de Roxton, la Maison Blanche, résidence de Third Hill, Constantinople.

Casa Rosa, vicino al ponte di marmo di via Borra,
Quartieri Veneziano, Livorno
Août 1767

Mon cher Roxton,

Je venais à peine d'envoyer ma lettre que la vôtre est arrivée, je vous réponds donc immédiatement afin que vous soyez sûr que je l'ai reçue, et parce qu'il faut que je vous raconte un incident qui est survenu ; si je ne le vous raconte pas maintenant, je ne me résoudrai jamais à le coucher sur le papier. Mais il faut que je vous en parle, non seulement parce que cette tragi-comédie vous amusera, mais aussi parce que vous en connaissez bien tous les acteurs principaux. Naturellement, vous pourrez faire part de cette histoire à Antonia (je sais que c'est ce que vous ferez de toute façon, mais pour ce que cela vaut, elle a la permission de lire ma lettre).

Christopher a décidé de retourner en Angleterre. Je sais que je vous l'ai déjà dit dans ma précédente lettre, dans laquelle j'ai aussi évoqué ma déception que nous n'ayons pas pu passer du temps rien que tous les deux, mais la bonne nouvelle, c'est que je vais le suivre, pas dans l'immédiat, mais d'ici six mois. Il faudra peut-être que je m'installe à Bath en attendant de pouvoir me rapprocher. Tout dépend de ma sœur et de son mari, et de la façon dont ils prendront la nouvelle que leur fils veut que je fasse partie de sa vie, et donc de la leur. Je ne sais pas du tout comment nous allons gérer cette situation. Mais lui le sait. Et j'imagine que s'il a réussi à gérer un triangle composé d'un mari, d'une femme et de son amant, il pourra s'adapter à une vie au sein d'un triangle composé de ses parents adoptifs, de sa mère biologique et du fils qu'ils se partagent !

Ma vie est pour le moins intéressante, non ?

Bien, cet incident. Il s'est produit tard hier soir. Si c'était arrivé à n'importe qui d'autre que Christopher, j'aurais été plus amusée. Quand c'est arrivé, j'ai été sous le choc et j'ai réagi exactement comme le ferait une mère. Ce matin et après réflexion, j'ai pu voir ce que la situation avait d'amusant et j'ai failli renverser mon café en éclatant de rire quand j'ai visualisé la débandade d'hier soir. Christopher s'en est sorti indemne, et ce cher garçon était bien plus inquiet à propos de l'effet de cet épisode sur moi qu'à propos d'un quelconque préjudice à la fierté des Fittleworth ou à sa pudeur !

Oh, Seigneur. Je viens de passer cinq minutes à sécher mes larmes de rire, car plus j'y réfléchis, plus je pense à ce que vous auriez fait et dit dans une situation similaire, et plus je trouve tout cela amusant. Bien sûr, vous allez hausser les sourcils et sourire, et me dire que vous ne vous seriez jamais retrouvé dans une telle situation pour commencer, mais je m'écarte du sujet… Laissez-moi vous donner un peu de contexte.

J'étais si euphorique que Christopher soit de retour dans ma vie que j'en ai oublié tout le reste, mes rendez-vous et autres. Heureusement, je peux compter sur mon intendante inestimable, qui est également une merveilleuse cuisinière, et sur son époux qui me sert de majordome. Ils vont venir avec nous en Angleterre. Je ne peux pas me passer d'eux, ni de Fran, et Dieu merci, ils ont accepté de quitter leur pays natal pour prendre soin de moi.

Mais je digresse encore. Mon intendante s'est donc rappelé que j'avais des invités qui arrivaient, ce que j'avais oublié. J'étais en train de prendre mon petit déjeuner avec Christopher dans la tourelle, où nous profitions de la vue sur le port et d'une brise fraîche très agréable et observions un magnifique sloop qui arborait un drapeau des Pays-Bas jeter l'ancre, quand on est venu m'annoncer l'arrivée de Lord et Lady Fittleworth.

Grands dieux ! J'avais complètement oublié que j'avais invité Fanny et Fred. Bien sûr, quand nous en avions parlé par courrier, j'étais ravie qu'ils viennent me voir. Fred est à Livourne à titre officiel, en sa qualité de consul anglais à la cour florentine, pour rencontrer les membres de la British factory. Un certain nombre de marchands ont évoqué quelques soucis concernant certaines affaires commerciales et légales dont j'ai oublié la nature, et avec lesquelles je ne vous ennuierais pas de toute façon.

Et puisque j'ai séjourné chez eux à Florence à de nombreuses occasions et que j'ai énormément profité de leur hospitalité, je ne pouvais pas leur dire non. Ceci dit, si j'avais su que Christopher vivrait alors avec moi, je n'aurais pas hésité à décaler leur visite, ou alors je leur aurais trouvé leur propre maison (bien que celles disponibles à la location se fassent rares dans ce quartier).

Comme vous le savez parfaitement, on ne peut pas faire confiance à Fanny Fittleworth dès qu'il est question d'un homme qui lui plaît. Elle a souvent des aventures, et son mari est jaloux, ce qui est très ennuyeux. Ce n'est pas comme s'ils s'étaient mariés par amour ! Loin de là. Elle n'avait que dix-sept ans quand son père l'a sacrifiée pour que celui de Fittleworth rembourse ses dettes de jeu. Vous connaissez peut-être cette histoire mieux que moi puisque Fred est de la même génération que vous. Maintenant que j'y pense, n'avez-vous pas été tous les deux impliqués dans un incident, quand vous aviez une ving-taine d'années, au cours duquel la milice a tambouriné à la porte d'une célèbre courtisane pour atteinte à l'ordre public et vous deux vous êtes enfuis par les toits après être sortis par la fenêtre du grenier ? Plus j'y pense, plus je suis persuadée que c'est bel et bien vous et Fred qui étiez impliqués dans cette histoire.

En dépit de la souplesse de ses valeurs morales (et je suis la dernière à pouvoir lui jeter la pierre, n'est-ce pas ?), Fred s'attend à ce que sa femme lui soit fidèle, ce qui n'a jamais été le cas. Avez-vous été l'un de ses amants ? Oh, ne répondez pas à cette question ! Je m'en moque. Ce qui compte, c'est le présent, et le fait que Fanny ait pris Christopher pour mon amant. Est-ce un ricanement lointain que j'entends en provenance de Constan-tinople ?

Et ce n'est pas le pire. Fred a cru la même chose. Et l'histoire se complique, car ils connaissent tous les deux Christopher sous le nom de Cristoforo, l'ayant rencontré à Lucques quand ils séjournaient chez le comte De Nobili, celui-là même qui est marié à la comtesse italienne dont Christopher était l'amant, Maddalena. Les Fittleworth sont donc parfaitement au courant du rôle de Cristoforo, et c'est la raison pour laquelle ils ont cru que nous étions amants. Le seul point positif, c'est qu'ils n'ont à aucun moment envisagé le fait que Christopher puisse être mon fils.

Ils m'ont donc surprise en train de recevoir le célèbre Cristoforo. Et Christopher, qui a connu les Fittleworth à Lucques, a tellement bien joué son rôle (un peu trop bien, même) qu'il s'est réellement transformé en Cristoforo, et je l'ai à peine reconnu. Je n'ai certainement pas reconnu mon fils. Les Anglais, et même les Fittleworth qui vivent à l'étranger depuis de nombreuses années et qui se pensent cultivés et instruits à propos des étrangers, ne comprennent rien à la position sociale d'un sigisbée, ils ont donc osé le considérer, à travers leur regard anglais, comme un prostitué engagé par une femme d'un certain âge, d'un certain niveau social. Voyez-vous où tout cela nous mène ?

Venons-en à ce qu'il s'est passé.

J'ai posé un peu ma plume pour boire un café, car maintenant que j'en viens à évoquer l'incident en question par écrit, je prends le temps de réfléchir à mon comportement passé, au comportement de mon cercle social, et en particulier à celui de votre cousine Augusta. Pardonnez-moi de réveiller le passé, mais je me souviens que vous m'aviez dit que dans votre jeunesse, Augusta vous avait pris pour proie (j'emploie délibérément ce mot) et avait essayé de vous séduire alors que vous étiez un garçon de quinze ou seize ans seulement et qu'elle en avait presque trente. Eh bien, Christopher a beau être un homme de trente ans qui a une longue expérience des femmes, ce qu'il s'est passé hier n'est pas si éloigné que cela de ce qu'il vous est arrivé. Ainsi, si l'histoire qui suit fait remonter des souvenirs douloureux chez vous, je vous demande pardon. Et si les facéties de ce couple marié vous font rire, riez donc. J'espère que vous en rirez.

Voilà ce qu'il s'est passé :

J'ai été réveillée au milieu de la nuit par Fran, qui avait elle-même été réveillée par mon majordome, Carlo. Quant à lui, il avait été réveillé par des bruits dans la chambre de Christopher, ceux d'un homme et d'une femme en pleine dispute. Au début, nous avons tous cru qu'il s'agissait de Christopher ; de qui d'autre aurait-il pu s'agir ? Mais quand nous nous sommes rassemblés dans le couloir pour écouter, nous nous sommes rendu compte qu'il y avait une troisième voix, bien plus calme que les deux autres, et qu'il s'agissait de la voix de la raison, celle de Christopher.

Parler d'une dispute houleuse serait un euphémisme. Il s'agissait en réalité d'une compétition de hurlements. Elle lui criait dessus et il répondait en grondant, et ils se sont lancé toutes sortes de récriminations passées, présentes et futures. Dieu merci, mes domestiques parlent peu anglais, et ils connaissent encore moins les mots grossiers de notre langue. Mais j'étais surprise que Fran, qui j'en suis sûre n'a jamais vu d'homme nu, et n'a encore moins laissé un homme s'approcher de ses cuisses virginales, sache exactement de quoi il était question. Ainsi, quand la femme s'est écriée qu'il était « le fier propriétaire d'un outil si décevant et inutile qu'elle avait besoin de ses lunettes pour le trouver », ma petite Fran est devenue toute blanche et ses jambes se sont dérobées sous elle. Carlo l'a rattrapée avant qu'elle ne tombe par terre (mais il n'a pas réussi à la rattraper la deuxième fois, et je vous laisserai deviner quand cela est arrivé).

Comme vous pouvez l'imaginer, j'aurais pu écouter cet échange toute la nuit, car il était très divertissant. Mais quelque chose a réveillé mes instincts de mère poule, et je me suis souvenue que cette querelle passionnée avait lieu dans la chambre à coucher de mon fils. Et vous serez fier de moi, car j'ai alors fait irruption dans sa chambre sans y réfléchir à deux fois, emplie d'indignation morale et déterminée à secourir Christopher en mettant un terme à cette dispute et en renvoyant sur-le-champ ce couple dans son lit. Carlo, Sylvia, Fran et le portier de la maison sont entrés juste après moi. Mais je n'avais fait que quelques pas dans la pièce quand je me suis brusquement immobilisée, et ceux qui me suivaient ont dû s'arrêter précipitamment et se sont tous rentrés dedans pour éviter de me bousculer. Sur le moment, je ne m'en suis pas rendu compte, mais je suis sûre qu'un spectateur extérieur aurait été très amusé.

Mais la scène que j'ai découverte dans cette pièce a suffi à me faire oublier tout le reste.

Illuminé par les bougies, Christopher, dans toute sa splendeur, était assis au bord de son lit, entièrement nu à l'exception d'un bout de drap stratégiquement placé entre ses cuisses. Fanny et Fred Fittleworth se tenaient debout de chaque côté de mon fils ; lui portait sa chemise et son bonnet de nuit, tandis qu'elle était à moitié nue et que sa chemise retombait sur son épaule. Ils se lançaient des accusations et des insultes par-dessus la tête nue de mon fils.

J'étais sous le choc, c'est le moins que l'on puisse dire. Mais c'est quand Christopher a levé la tête et que nos regards se sont croisés que j'ai su qu'il n'avait rien fait dans toute cette histoire. Et ce n'est pas Cristoforo, mais bien mon fils, qui m'a adressé un petit sourire embarrassé avant de lever les yeux au ciel. C'était tout ce dont j'avais besoin pour débloquer mes pieds et me pousser à avancer, car j'étais déterminée à mettre un terme à ce grand drame. Mais je n'ai pas eu le temps de prononcer une seule syllabe pour annoncer ma présence que Fanny a tiré sur le drap que tenait Christopher et s'est mise à grimper sur le lit, exigeant que son mari quitte la pièce, affirmant qu'il n'avait plus la permission d'être spectateur de ses ébats avec Cristoforo.

J'ai entendu un bruit sourd derrière moi. J'ai appris plus tard que c'était Fran qui, en voyant Christopher dans toute sa splendeur avant qu'il n'ait eu le temps de se couvrir, s'était évanouie et était tombée par terre, car Carlo n'avait pas réussi à la rattraper. J'étais tellement furieuse que j'ai oublié ce qu'il se passait derrière moi. Tout ce qui m'importait, c'était de sortir Christopher de ce pétrin avec les Fittleworth, je me suis donc avancée droit sur Fanny et, cela va vous faire rire, je l'ai attrapée par les cheveux et je l'ai tirée hors du lit ; elle s'est mise à pousser des petits cris perçants, mais n'avait d'autre choix que de m'obéir si elle ne voulait pas avoir encore plus mal.

Dans un retournement de situation, Fred a pris la défense de sa femme et a exigé que je la lâche, ce que j'ai fait, mais pas avant de m'être assurée qu'ils s'étaient tous les deux éloignés de mon fils qui, dès qu'il a été libéré du couple, s'est dépêché de s'enrouler dans le drap, se couvrant du torse aux cuisses.

Ma colère noire m'a fait oublier ce que je leur ai dit précisément. C'est Christopher qui m'a tout rapporté plus tard. Je les ai réprimandés pour leur comportement scandaleux et j'ai menacé de les faire jeter tous les deux dans le canal, et leurs affaires avec, s'ils osaient s'introduire une nouvelle fois dans la chambre de mon fils. Oui, je l'ai appelé « mon fils » sans me demander un seul instant si Christopher était d'accord pour que je reconnaisse publiquement ce lien de parenté. Mais ce cher garçon m'a assuré qu'en pareilles circonstances, il en était très satisfait. N'est-ce pas merveilleux, Roxton, qu'en tant que parents, nous nous précipitions à la défense de nos enfants, peu importe leur âge ? Ce doit être une réaction instinctive. J'ai aussi dit aux Fittleworth que mon fils (voilà que je recommence !) méritait leur respect et qu'ils devaient le traiter comme un gentleman, car c'est ce qu'il est, et que c'est ainsi que l'ont toujours traité les membres de l'aristocratie toscane. J'ai ajouté que si

Fred souhaitait conserver son poste de consul et des relations cordiales avec ses homologues italiens, lui et Fanny avaient intérêt à oublier ce qu'il s'était passé pendant cette nuit-là et à n'en parler à personne, et que si j'entendais le moindre murmure à ce propos, j'écrirais personnellement au comte De Nobili, qui verrait leur manque de respect et leurs commérages comme un affront personnel envers lui et sa femme, qui ont accordé le plus grand respect à Christopher quand il faisait partie de leur foyer. Je les ai ensuite envoyés au lit en leur précisant qu'au matin, ils auraient le plaisir de rencontrer mon fils Christopher.

Ils se sont éclipsés, mais pas avant d'avoir tous les deux marmonné des excuses, pour Christopher et pour moi. J'ai ensuite chassé tous les autres de la pièce, et quand Christopher et moi nous sommes retrouvés seuls, la colère et l'indignation que je contenais jusque-là ont eu raison de moi et j'ai éclaté en sanglots. Il a dit qu'il ne me le reprochait pas et qu'il avait lui-même envie de pleurer, ce qui m'a instantanément aidée à me sentir mieux.

Le lendemain matin au petit déjeuner, Christopher a proposé de me raconter sa version des faits. Il dormait profondément quand quelque chose, il ne sait pas quoi exactement, l'a réveillé. Quand il s'est redressé en sursaut, il a découvert que les Fittleworth se tenaient côte à côte et le regardaient à la lueur d'une bougie. Toujours à moitié endormi, il s'est demandé s'il n'était pas en train de faire un cauchemar. Le sourire qu'ils arboraient n'a fait que renforcer cette impression. Puis Fanny s'est glissée dans le lit à côté de lui sans y avoir été invitée, lui a dit qu'elle souhaitait profiter de ses services, et qu'elle était sûre que cela ne le dérangerait pas que son mari soit spectateur. Christopher était sur le point de les décevoir tous les deux quand Fanny a apparemment reçu le choc de sa vie : Fred lui a dit qu'il n'était pas du tout venu les regarder, qu'il avait la ferme intention de participer. Fanny en a été effarée, et la dispute a rapidement éclaté à partir de là.

Inutile de vous dire que si Christopher n'avait pas été impliqué, j'aurais été très amusée que Fanny ait été choquée du comportement de Fred et inversement. Et quand Christopher, parfaitement réveillé à ce stade, a voulu servir d'intermédiaire entre le mari et la femme et leur a assuré que son corps n'était pas disponible à l'emploi, de quelque façon que ce soit, aucun des deux n'a voulu le croire, et c'est bien la seule chose sur laquelle le couple était d'accord. Ils ont continué à se disputer, et Christopher a abandonné tout espoir de réconciliation. Il espérait que leur colère s'épuiserait rapidement quand j'ai fait irruption dans sa chambre avec tout un contingent de domestiques pour assister à ce spectacle.

Serez-vous surpris d'apprendre que les Fittleworth ont écourté leur séjour d'une semaine et ne sont restés qu'une journée et une nuit de plus avant de rentrer à Florence ? Puisqu'ils étaient tous les deux contrits et que nous n'avons plus évoqué les événements de cette nuit-là, nous nous sommes quittés en des termes courtois, et Fanny m'a prise à part pour me présenter des excuses quant à leur comportement, ajoutant que j'étais une femme excessivement chanceuse d'avoir un fils aussi beau et attentionné. J'ai presque cru à sa sincérité, jusqu'à ce qu'elle me lance un clin d'œil et un sourire qui me laissaient entendre, j'en suis maintenant convaincue, qu'elle reste persuadée que Christopher est bel et bien mon amant, et que le faire passer pour mon fils était une ruse pour les éloigner de lui ! Vous savez quoi, Roxton ? Je m'en moque complètement, à présent. Je suis réconciliée avec mon fils, et si cet incident a servi à quelque chose, c'est qu'il nous a rapprochés. Je vais rentrer en Angleterre dès que Christopher m'enverra une lettre me demandant de le rejoindre, et toutes les Fanny et tous les Fred sont sans importance pour mon avenir et pour celui de Christopher.

Transmettez mon amour à Antonia, et si vous croisez Fred lors de votre prochain séjour à Florence, je vous supplie d'être discret, mais vous avez ma permission de l'embêter de cette façon qui vous est propre, qui le mettra mal à l'aise sans pour autant qu'il sache exactement pourquoi.

Avec tout mon amour,
Kate

La Fière Mary
Lettre 3

Sa Grâce le très noble [5ᵉ] duc de Roxton, Treat via Alston, Hampshire, à Kate, Lady Paget, Brycecomb Hall via Stroud, Cotswolds, Gloucestershire.

Treat

Février 1772

Kate, ma chère amie,

Êtes-vous assise dans votre lit, ou sur votre méridienne ? Quoi que vous fassiez, peu importe à quel moment vous lirez ceci, je vous en prie, asseyez-vous, car la nouvelle que j'ai à vous annoncer va vous choquer. Je ne veux pas que vous tombiez ou que vous vous blessiez en faisant un malaise.

Savez-vous ce que j'ai découvert ? Que je ne suis pas infaillible ! Vous devez rire de bon cœur, mais j'ai réellement été choqué de l'apprendre. En réalité, je ne suis pas sot au point de supposer que je l'étais vraiment, mais j'essayais de m'en convaincre, ne serait-ce que par envie de rallonger mon existence terrestre pour rester avec Antonia et mes garçons aussi longtemps que mon corps me le permettrait.

Kate, je vais mourir. J'ai un cancer. Je ne sais pas combien de temps il me reste à vivre. Mes médecins ne peuvent me donner que des estimations et des prédictions. Certains sont plus pessimistes que d'autres. Certains essayent de me donner de l'espoir, mais il n'y en a pas. Ils me regardent tous comme s'ils craignaient pour leur propre tête.

Je l'ai caché à Antonia le plus longtemps possible. Mais elle était au courant. Elle n'a rien dit et a continué, et continue encore, à faire comme si j'allais atteindre ma neuvième décennie et plus encore. Elle sait bien que cela n'arrivera pas, mais elle n'accepte tout simplement pas le fait que je vais mourir. Voyez-vous, et je sais que vous allez rire d'incrédulité en lisant cela, elle me pense bel et bien infaillible. Cela a toujours été le cas. Et j'ai l'intention de le demeurer pour toujours et à jamais, pour elle, tant qu'il me sera humainement possible de rester digne.

Depuis combien de temps nous connaissons-nous ? Trente, quarante ans ? Pendant une poignée d'années, nous avons été amants, et je chérirai toujours cette période que nous avons passée ensemble, tout autant que je chéris notre amitié. Antonia l'a toujours su – je ne lui cache rien. Il est ironique pour quelqu'un comme moi, qui suis mystérieux, méfiant et rarement démonstratif en public, de ne rien pouvoir lui cacher, ce que je ne voudrais d'ailleurs pas. Elle est lovée sur son fauteuil préféré alors que je vous écris cette lettre, assis au bureau de ma bibliothèque. Elle sait que je vous écris et que je m'éteins lentement, mais elle ne montre jamais, que ce soit à moi ou au reste de la famille, qu'elle s'effondre intérieurement à l'idée qu'elle ne vieillira pas avec moi, que je vais la quitter bien avant qu'aucun de nous ne soit prêt pour cette séparation.

En ce qui vous concerne, ma chère amie, j'ai l'esprit apaisé et je peux partir tranquille, car je sais que votre fils prend bien soin de vous. Je ne saurais vous dire à quel point je me réjouis de votre réconciliation, de sa proposition que vous viviez avec lui.

Je sais que votre chagrin était incommensurable quand votre bébé a littéralement été arraché de votre sein, quand vous avez été obligée de réintégrer la société et de laisser votre sœur l'élever.

Je ne comprenais pas toute la mesure de cette perte et de votre chagrin à l'époque, et j'en suis désolé. J'ai néanmoins essayé de vous prêter une oreille attentive, de vous réconforter et de vous changer les idées en tant qu'amant, mais aussi de vous offrir un peu d'espoir quant à l'avenir – et n'avais-je pas prédit qu'un jour vous seriez réunie avec votre fils, qu'il saurait que vous êtes en réalité sa mère ? Jusqu'à ce que je devienne moi-même père, que je tienne cette nouvelle vie si précieuse dans mes bras, une vie qu'Antonia et moi avons créée ensemble, je n'avais aucune idée de ce que cela pouvait faire de se voir arracher son enfant. Mon cœur s'est serré et j'ai ressenti une douleur aiguë en voyant mon fils se nourrir au sein de sa mère et en pensant au fait que vous avez dû abandonner votre enfant quand il avait seulement trois mois. Kate, je vous en prie, pardonnez-moi mon manque de compassion vis-à-vis de votre perte. Si je pouvais me prostrer devant vous et vous baiser les pieds, je le ferais.

Je vais m'arrêter ici, et garder d'autres nouvelles et commérages pour une lettre plus légère. Et, Kate, ne mentionnons plus jamais ce cancer. Avançons comme nous l'avons toujours fait : envoyons-nous des lettres, échangeons des commérages et rions de la stupidité des autres, et entretenons l'illusion que c'est ce que nous ferons encore dans dix, vingt, non, trente ans. Croyez-moi, cela sera cent fois plus efficace pour m'aider à me sentir mieux que n'importe quel mot de réconfort que vous pourriez m'envoyer.

Écrivez-moi pour me parler de votre garçon, de votre vie dans les Cotswolds, de l'état de votre vue. Je vais commencer une nouvelle lettre sur une nouvelle page et vous écrire comme le père et le grand-père complètement gâteau que je suis.

Portez-vous bien en attendant.

Comme toujours, votre ami bien-aimé,
Roxton

La Fière Mary
Lettre 4

Charlotte, la très honorable comtesse de Strathsay, la maison douairière, Fitzstuart Hall via Denham, Buckinghamshire, à Lady Mary Cavendish, Abbeywood via Bisley, Gloucestershire.

La maison douairière, Fitzstuart Hall via Denham,
Buckinghamshire
Septembre 1777

Chère Mary,

Je n'ai pas eu de vos nouvelles depuis plus de deux semaines. J'ai reçu votre lettre dans laquelle vous me disiez que vous étiez rentrée à Abbeywood après votre séjour à Treat et que ma petite-fille avait retrouvé sa bonne santé habituelle. Je ne comprends toujours pas comment vous avez pu séjourner chez Antonia tandis que votre fille était aux soins de cet homme choisi par Sir Gerald pour être son tuteur. C'est une honte qu'il n'autorise pas votre fille à rendre visite à sa famille. C'est à cause d'un rhume de cerveau qu'elle n'a pas pu assister au mariage de son oncle, mais là n'est pas la question. Elle aurait pu vous rejoindre après, au lieu d'être une fois encore retenue en rase campagne.

Antonia vous a sans doute annoncé sa stupéfiante nouvelle. J'espère que vous avez pu modérer votre incrédulité et que vous avez fait preuve d'un niveau convenable de bienséance, que vous ne vous êtes pas extasiée devant sa condition, bien que ce soit ce qu'il s'est sûrement passé, je le crains. Nous sommes tous heureux pour elle, naturellement. Mais tout dans cette histoire me semble inacceptable. Je suis incapable de comprendre qu'une femme qui approche la cinquantaine puisse vouloir entretenir des relations charnelles, et encore moins avec un homme vigoureux qui a dix ans de moins qu'elle et qui s'attend sûrement à profiter de ses droits dans le lit conjugal, sinon tous les soirs, au moins tellement souvent que je sens mon estomac se barbouiller de dégoût. Tomber enceinte à son âge n'est pas seulement ridicule, c'est terriblement embarrassant, et dangereux par-dessus le marché. Elle n'aurait jamais dû laisser cela arriver. C'était déjà assez scandaleux quand, alors qu'elle n'était qu'une jeune fille, elle a épousé un homme assez vieux pour être son père, mais maintenant, voilà qu'elle a fait volte-face et a épousé un homme de dix ans son cadet, ce qui montre bien qu'elle cherche les ennuis. J'ai toujours soutenu, et je suis persuadée qu'il s'agit d'un non-dit dans toute la famille, que si son deuxième fils souffre du mal caduc, c'est parce que son père était un homme âgé lors de sa conception et que sa semence était donc trop vieille pour donner à Antonia un enfant en bonne santé.

Vous comprenez donc que je sois préoccupée à l'idée qu'Antonia soit maintenant trop vieille pour donner à son mari plus jeune l'héritier dont il a besoin. Je m'inquiète que l'accouchement ne soit pas aisé pour elle, mais ce qui est encore plus inquiétant, c'est que les enfants nés de mères plus âgées ne sont pas toujours totalement sains d'esprit. Il vaudrait mieux qu'il soit mort-né plutôt que d'avoir ce genre de trouble. Bien sûr, si cela était le cas, l'enfant ne pourrait pas hériter du duché de Kinross, qui serait donc voué à disparaître. Quel nigaud d'avoir épousé une femme plus âgée, alors qu'il aurait dû se chercher une épouse de dix ans de moins que lui s'il voulait avoir l'assurance de donner un héritier au duché. Mais cet homme n'a rien d'habituel non plus, n'est-ce pas ?

La grossesse de votre cousine de presque cinquante ans vous a-t-elle donné à réfléchir, vous a-t-elle emplie de ressentiment, car vous-même, une femme qui a vingt ans de moins qu'elle – et vous avez d'ailleurs été dans votre vingtaine pendant une grande partie de votre mariage –, n'avez été capable de donner naissance qu'à un seul enfant, une fille qui plus est ? Après la naissance de cet enfant, Antonia aura donné des héritiers à deux duchés, une sacrée prouesse, du genre que seule une personne comme elle, qui a de la chance dans tout ce qu'elle entreprend, peut accomplir. Dieu merci, le duché des Roxton a trouvé en son sixième duc un aristocrate fiable et stable. Je ne comprendrai jamais qu'un roué libidineux et une nymphe complaisante aient pu donner naissance à un tel fils, qui possède des valeurs morales supérieures et une nature flegmatique. Mais ils y sont arrivés, et tant mieux pour eux.

Je me suis presque habituée à l'épouse de votre frère. La nouvelle Lady Fitzstuart a cependant ses défauts, et je ne parle pas de son infirmité. Je reste toujours sans voix quand je pense qu'un bel homme vigoureux et en bonne santé comme Alisdair, qui aurait pu épouser n'importe quelle femme, a jeté son dévolu sur une fille qui a un pied bot. Son épouse est bien trop frêle et fragile, et je me demande si une femme aussi chétive sera capable de tomber enceinte, sans parler de donner naissance à des enfants en bonne santé. Mais il le faut, car l'héritier du comté des Strathsay doit lui aussi avoir un héritier légitime. Et si elle ne peut pas tomber enceinte, ce ne sera pas la faute de votre frère, n'est-ce pas, puisqu'il a déjà eu un fils. Et bien que je déteste l'admettre, et ne le ferais jamais auprès d'Alisdair ou de quelqu'un d'autre, quand j'ai vu le garçon au mariage, il m'a fait penser à son père au même âge. Il est vrai qu'il lui ressemble beaucoup, tant et si bien que personne ne pourrait nier sa paternité, même si j'aimerais beaucoup que cela soit possible, car la bienséance exige qu'il ne soit pas reconnu par la bonne société. Je ne comprends donc toujours pas pourquoi Roxton les a autorisés à assister à la cérémonie, lui et ses grands-parents roturiers. Selon moi, le garçon et ses grands-parents n'auraient pas dû avoir la permission d'entrer dans l'église, ils auraient dû attendre dehors avec les domestiques, à leur place, ce qui aurait été parfaitement acceptable aux yeux de tous. Et avez-vous vu, pendant le banquet, comment le garçon s'est effrontément approché de l'épouse de votre frère comme s'ils se connaissaient ? Elle s'est montrée très polie et a bien géré la situation, ce qui montre sa bonne éducation, une chose qui fait défaut à ce garçon. J'ose affirmer que j'accepterai bien plus ma nouvelle belle-fille quand elle tombera enceinte et donnera un héritier légitime à votre frère. Et en tant que petite-fille de Shrewsbury, je suis sûre qu'elle va tous nous surprendre en nous annonçant qu'elle attend déjà un enfant. Je dois bien admettre que les apparences sont parfois trompeuses, car j'aurais pensé que quelqu'un comme vous, qui avez une santé robuste et des hanches bien larges, aurait cinq enfants en dix ans, et non un seul.

Laissez-moi passer à un sujet plus plaisant que votre infertilité décevante et votre veuvage qui se prolonge et qui est une source constante d'inquiétude pour votre mère. Avez-vous parlé d'éventuels prétendants avec Antonia ou Roxton ? Il est grand temps que vous fassiez sérieusement l'effort de vous trouver un mari. Vous ne pourrez pas rester à Abbeywood toute votre vie. Cet endroit ne vous a jamais appartenu et ne vous appartiendra jamais. Vous avez déjà bien peu de perspectives, et votre beauté, pour ce qu'elle est, va se faner un peu plus chaque année. Vous ne pouvez pas être égoïste au point de souhaiter que la situation actuelle perdure, ne serait-ce que parce que vous devez vous assurer que Theodora ait un avenir, même si ce n'est pas votre cas. Je ne dirai rien de plus à ce sujet.

Quand vous recevrez cette lettre, je serai en train de me préparer pour mon séjour annuel à Cheltenham pour ma santé. Vous n'avez pas pris de nouvelles de mon état de santé dans votre dernière lettre ; j'imagine qu'il s'agit d'un oubli de votre part, ce qui n'est pas très prévenant. Je prends toujours des nouvelles de vous et de Theodora, il est donc bien normal et convenable que vous preniez des miennes, surtout que vous savez que je ne suis jamais en forme à cette période de l'année, au changement de saison. Mes rhumatismes s'empirent, d'autant plus depuis que je me suis installée dans la maison douairière. Votre frère s'est montré très cruel en me chassant aussi rapidement de chez moi. Je vais donc séjourner à Cheltenham un peu plus longtemps que d'habitude afin de ne pas déranger les travaux de réparation et de rénovation entrepris dans la maison douairière pour la rendre aussi confortable que possible. L'épouse de votre frère m'a bien proposé de rester vivre dans la maison principale, mais j'ai refusé. Après tout, c'est chez elle à présent, et je n'ai plus aucun droit sur la maison ou sur ce qui s'y trouve. J'ai également refusé de récupérer des objets de valeur, bien qu'elle m'ait gracieusement proposé de prendre tout ce qui pourrait m'aider à rendre la maison douairière plus habitable. Mais non. Rien de tout cela ne m'appartient, je préfère donc y renoncer.

Et pendant que j'y pense, je n'ai pas besoin que vous veniez à Cheltenham cette année. Le frère et la belle-sœur de Lady Fitzstuart, Lord et Lady Grasby, y séjournent aussi pour la santé de cette dernière. Elle est également enceinte, Shrewsbury peut donc espérer que son héritier aura lui-même un héritier pour prendre sa suite. Et puisque Lady Fitzstuart doit rendre visite à Lady Grasby avec son grand-père, ils ont généreusement proposé de faire un détour par Abbeywood, bien que je ne comprenne pas qu'ils veuillent se rendre dans cette partie du monde, et d'emmener Theodora à Cheltenham pour venir me voir. Vous voyez, il est inutile que vous veniez avec eux, et je suis d'ailleurs sûre qu'ils n'auront plus de place dans leur voiture. Je n'ai pas besoin de vous et Theodora, à dix ans, peut se passer de vous aussi.

Je vous prie de répondre à cette lettre dès que vous le pourrez. Et puisque vous êtes si peu occupée, je m'attends à une réponse très rapide, dans laquelle vous me direz que Theodora est impatiente de rendre visite à sa grand-mère et que vous lui avez bien fait comprendre qu'elle viendra toute seule et que c'est sa nouvelle tante qui l'emmènera, et pas vous.

Informez-moi dans votre lettre des progrès de Theodora dans ses cours de maintien et de danse.

Avec l'amour d'une mère,
Charlotte Strathsay

Sa Grâce le très noble [6ᵉ] duc de Roxton, Treat via Alston, Hampshire, à Mr. Martin Ellicott, Esq., Moranhall, route de Bath, Avon.

Treat
Le 23 décembre 1777

Cher Martin,

J'espère que vos bagages sont prêts et que vous n'attendez plus que mon carrosse qui va passer vous chercher, car après la lecture de ce court billet, il faudra que vous veniez ici en toute hâte pour célébrer avec nous notre merveilleuse nouvelle.

Mère a accouché plus tôt que prévu – il a fallu que ce soit le soir du solstice d'hiver ! – et a mis au monde une fille, sans encombre. J'ai une sœur ! La mère et le bébé vont donc très bien, et comme vous pouvez l'imaginer, l'inquiétude qui a pesé sur mes épaules pendant toute sa grossesse s'est dissipée. Je ne ressens jamais la même chose avec Deb, sauf quand ses contractions commencent, et j'imagine que c'est grâce au merveilleux état de santé de ma femme et au fait que ses grossesses se déroulent sans incident. Je remercie le Seigneur pour cela, car il semblerait que nous soyons destinés à avoir une grande famille, ce qui nous convient très bien à tous les deux.

Mais vous savez, n'est-ce pas, mon parrain, plus que n'importe qui, que les grossesses de mère ont toujours été particulièrement tumultueuses.

Sans surprise, Kinross est fou de joie et de soulagement que sa duchesse soit hors de danger, et d'être père une deuxième fois. Et puisque les deux parents voulaient une fille, leur plus grand souhait a été exaucé. Cela tombe bien que Kinross soit duc de la pairie écossaise, car ma petite sœur pourra un jour hériter du titre et devenir une duchesse à part entière ; selon la loi écossaise, ce n'est pas le fils aîné mais « la descendance », ce qui concerne n'importe quel enfant sans préciser s'il doit s'agir d'un garçon ou d'une fille, qui devient l'héritier d'un aristocrate écossais. Je sais que vous serez aussi heureux que nous le sommes tous de cette issue tout à fait satisfaisante et appropriée pour la fille de mère.

Ainsi, ma petite sœur débute sa vie avec le titre impressionnant de marquise de Leven, héritière du duché de Kinross. Ses parents ducaux l'adorent et elle a un frère qui est un duc anglais, et un autre frère qui est fils d'un duc. Sa vie commence donc sous les meilleurs auspices. Elle a une santé robuste, ses pleurs sont puissants et sa tignasse de cheveux foncés me rappelle Frederick à sa naissance.

Ses neveux et ses nièces ne l'ont pas encore rencontrée, mais je sais qu'ils seront tout aussi fous d'elle que ses parents et ses frères.

La petite Lady Leven n'a pas encore reçu de prénom, car mère et Kinross sont encore en pleines négociations, mais j'espère que d'ici à ce que vous arriviez, et je suis sûr que ce sera avant le baptême, elle possédera toute une liste de jolis prénoms.

Je vais m'arrêter ici, car je suis impatient que vous vous joigniez à nous et rencontriez la nouvelle venue de la famille.

Affectueusement,
Julian
R

Evelyn Gaius Ffolkes, le très honorable comte de Stretham-Ely, à Lady Mary Fitzstuart-Cavendish.

[Non datée, mais supposément écrite autour du mois de décembre 1777. Une note manuscrite jointe à la lettre pliée dit : donnée en personne par Sa Grâce la duchesse de Kinross à sa cousine Lady Mary Cavendish.]

Ma très chère Mary,

Vous resterez à jamais mon premier amour, et l'amour de ma vie. Vous le savez, n'est-ce pas ? J'ai eu de nombreuses aventures. Je me suis même cru amoureux de Deb et j'ai essayé de m'enfuir avec elle pour l'épouser, avant de savoir qu'elle était déjà mariée à Julian ; et oui, je l'aime, elle aussi. Par ailleurs, j'ai été marié pendant un temps à une jolie créature inoffensive qui méritait mieux et qui est morte en essayant de me donner un enfant. Mais malgré tout, mon cœur, cet organe noirci et desséché de tout amour, s'il bat encore, il bat pour vous, et ce sera toujours le cas.

Rien n'a changé depuis nos quatorze ans, quand nous avons partagé notre premier et unique baiser. Je regrette de ne pas avoir pu vous sauver d'un mariage dénué d'amour avec cette ordure de Gerald. En plus de ne pas vous avoir épousée, le plus grand regret de ma vie en ce qui vous concerne est de ne pas avoir eu le courage d'abréger vos souffrances en ôtant la vie à votre mari. Je me suis préparé tant de fois à le tuer, et pourtant je n'ai rien fait. Quand j'aurais enfin pu m'y atteler, j'étais prisonnier dans des terres lointaines, d'où je ne pouvais vous offrir que mes prières. La façon dont Gerald est mort – en se tuant d'une balle – est tout à fait appropriée pour un tel porc, et en ce qui me concerne, il était temps que cela arrive. Peut-être que s'il avait été encore en vie quand j'ai enfin retrouvé ma liberté, j'aurais trouvé un moyen de mettre un terme à sa misérable existence afin de vous libérer.

Mes propos vous choquent, mais ils ne vous surprennent pas, n'est-ce pas ? Vous avez toujours vu et pardonné mon égoïsme, ma nature passionnée et nombriliste, et mon immoralité. Ce que je sais, c'est que je n'ai jamais rencontré personne de plus égoïste et immoral que moi. En résumé, je ne suis pas quelqu'un de bien. Je suis parfois détestable. Je n'ai aucune conscience et mes mœurs sont contestables. Pas étonnant que Shrewsbury m'ait recruté ! Car je fais un excellent espion, n'est-ce pas ? J'ai fait certaines choses, des choses horribles, sous couvert de servir le roi et la patrie. Ces choses vous feraient pleurer et perdre espoir en moi. Mais je n'avais aucun sens moral à propos de ces actions, et je les referais toutes si on me le demandait. Dans ces conditions, il vaut mieux que je n'aie ni femme ni enfant pour pleurer de désespoir face à ma dépravation. En réalité, la mort en couches de Dominique a été une bénédiction, pour elle et pour notre enfant.

La seule chose qui me rachète, c'est ma musique. Je reste ébahi de savoir que je peux composer de la musique tellement sublime qu'elle éveille les sens. Après avoir perdu une partie de mes doigts au cours de mes infâmes activités, je ne peux maintenant plus jouer ce que je compose sur le pianoforte ou avec mon violon avec la même virtuosité qu'avant, et c'est une punition appropriée, n'est-ce pas ?

Mais c'est un mensonge. Il y a autre chose qui me rachète. Le fait d'avoir renoncé à vous au profit d'un homme meilleur.

Je pourrais faire de vous une comtesse, vous donner tout ce que désire votre cœur, et vous et moi, nous pourrions voleter dans toute la société sous de la soie et du parfum. Tout le monde nous admirerait et nous serions heureux, pour un temps du moins. Mais vous méritez plus que ce que je peux vous offrir. Vous méritez un homme digne de vous. Vous allez donc épouser votre bel écuyer et nager dans le bonheur, ma très chère Mary.

Christopher Bryce est tout ce que je ne suis pas. La seule qualité que nous partageons, c'est que nous vous aimons corps et âme. Il est honnête, moral, courageux, sincère, honorable, et je vois bien qu'il vous aime de tout son cœur. Je ne vous laisserais pas épouser un sale type. Il fera un excellent mari et un père exemplaire pour votre fille Theodora et pour les enfants que vous lui donnerez. Et vous porterez ses enfants, j'en suis convaincu. Vous vous méritez l'un l'autre, et je vous souhaite tout le bonheur du monde.

Je vous en prie, très chère Mary, ne me pleurez pas, ne vous inquiétez pas pour moi, ne pensez même pas à moi. Vivez votre vie avec votre écuyer. Faites brûler une bougie pour mon anniversaire si vous le souhaitez, mais c'est tout. Je vais vivre ma vie du mieux possible, avec le même égoïsme qui m'accompagne depuis de nombreuses années, tant et si bien que je ne saurais vivre d'une autre manière, et je n'en ai pas envie. Pendant un instant de folie, j'ai cru que je pourrais me ranger et vivre comme vous, comme mes pairs. Mais cela n'arrivera pas. Ne pensez pas que je vous oublierai un jour, vous et le reste de ma famille. Mais je vais continuer à m'y intéresser de loin. Nous reverrons-nous un jour ? Bien sûr, ma chérie. Mais je ne peux pas vous dire quand, ou dans quelles circonstances. J'espère que ce sera avant que je ne sois vieux, voûté et plus d'aucune utilité à personne.

Transmettez mes salutations à Sylvanus (votre écuyer comprendra ce que je veux dire, et c'est avec affection que je le dis).

Je vous embrasse le bout des doigts et vous donne tout l'amour que j'ai à donner, pour toujours.

Eve

Mr. Christopher Bryce, Brycecomb Hall via Stroud, Gloucestershire, à Sa Grâce le très noble [6ᵉ] duc de Roxton, Treat via Alston, Hampshire.

Brycecomb Hall via Stroud, Gloucestershire
Le 8 juillet 1778

Mon cher duc, Roxton,

Lady Mary m'a donné un fils héritier. Cette annonce plutôt abrupte ne reflète en rien ce que je ressens en ce moment, et que je continuerai sans doute à ressentir dans un futur proche. Je n'aurais jamais pensé devenir père, même si je l'ai toujours espéré, tout comme je n'aurais jamais pensé épouser un jour votre cousine, même si j'en rêvais. Je suis aussi abasourdi de me dire que ces deux choses sont arrivées que le jour où vous m'avez serré la main et m'avez accueilli dans la famille en reconnaissant mon lien de parenté avec votre très chère épouse. J'ai l'impression que c'est arrivé il y a une vie entière, mais c'était il y a moins d'un an. Et si je puis me permettre, depuis cette première visite à Treat, j'ai appris à mieux vous connaître (je ne vous connaissais d'ailleurs pas du tout avant cela, n'est-ce pas ?) et c'est comme si, pour moi en tout cas, nous avions été amis toute notre vie. J'espère que vous partagez cette impression.

Pardonnez-moi. J'ai peu dormi ces trois derniers jours, depuis la venue au monde de mon fils, et je suis certainement en train de gaspiller de l'encre en écrivant les divagations qui me passent par la tête. Je sais que cette annonce n'a rien de nouveau pour vous, car j'ai envoyé un court billet à Sa Grâce votre mère pour lui annoncer l'arrivée de notre nouveau venu quelques heures seulement après sa naissance. Mais je voulais vous écrire à titre personnel, sous pli séparé, pour faire part de mes pensées de jeune père à celui qui m'a si généreusement transmis sa sagesse à propos de la paternité et, plus important encore, sur la façon dont je devais me conduire pendant l'accouchement de ma femme si elle voulait que je sois avec elle pendant un tel moment.

Elle voulait bel et bien que je sois avec elle, ce qui m'a empli à la fois de soulagement et de terreur. Mais je suis fier de vous dire que je suis resté auprès de ma chère Mary pendant toute cette épreuve et que j'ai suivi vos conseils à la lettre. Et grâce à vos sages leçons, je suis parvenu à garder la bouche fermée jusqu'à ce qu'on me demande de parler, à encaisser en silence les injures que ma très chère femme me lançait quand elle souffrait le plus, et à l'encourager quand c'était le bon moment.

Cela ne me dérange pas de vous dire – et peut-être que cette opinion changera avec le temps – que je ne pense pas pouvoir revivre un épisode aussi traumatisant avec le même stoïcisme. Je suis un lâche quand il s'agit de voir ma bien-aimée dans un tel état de détresse. Les femmes sont vraiment des créatures puissantes pour pouvoir subir la douleur et le tourment de l'accouchement afin de nous donner une nouvelle vie si précieuse. Ai-je versé une larme ? Assurément. Et ce n'est qu'à vous que je le dis, car vous m'avez généreusement confié que vous en aviez fait autant à la naissance de tous vos enfants.

Merci d'avoir partagé votre sagesse avec moi et de m'avoir transmis un peu de votre assurance. Et j'aimerais être le premier à vous féliciter, car vous allez être père une sixième fois à la nouvelle année – vous le soupçonniez seulement jusque-là, mais ce soupçon doit être confirmé à présent. Je serai convenablement surpris quand Mary recevra la lettre de votre chère épouse lui annonçant cette nouvelle.

Pour vous parler un peu de notre bébé, il a hérité de la splendide couleur de cheveux de sa mère. C'est un trait familial, n'est-ce pas, car votre fils Lord Augustus a des boucles rousses, et Mary dit que sa grand-mère (qui est également la grand-mère de votre chère mère) était célèbre pour ses cheveux roux. Elle n'a pas pu me la montrer puisqu'il n'y a aucun portrait de la comtesse de Strathsay à Treat, mais il y en a un à Fitzstuart Hall et je m'assurerai d'aller le voir quand nous irons là-bas.

Puisque Mary et le bébé vont très bien, nous avons prévu de nous rendre dans le Buckinghamshire à la fin de l'été pour passer un mois à Fitzstuart Hall en tant qu'invités de Lord et Lady Fitzstuart ; ainsi, nos familles vont pouvoir faire plus ample connaissance, et nous rencontrerons leurs jeunes jumeaux pour la première fois. Je les mentionne ici car Lady Fitzstuart, dans l'une de ses lettres à Mary, lui a dit que tandis que son fils a les cheveux aussi noirs que ceux de son père, leur fille a les cheveux clairs, et ils pourraient très bien tirer vers le roux. Teddy était ravie de l'apprendre, et elle est déterminée à ouvrir son propre club au sein de la famille, le droit d'entrée consistant, vous l'avez deviné, en la possession d'une chevelure rousse, ou d'une teinte qui s'en rapproche. Je crois que deux de vos enfants y auront immédiatement leur place.

Ainsi, vous pouvez imaginer la réaction de Teddy quand elle a appris que son petit frère a une crinière de cheveux roux. Elle était encore plus enthousiaste à cette idée qu'à celle d'avoir un frère, et c'est ce qu'elle souhaitait le plus, car elle pourra lui apprendre à grimper aux arbres et à faire du poney, et ainsi, comme elle le dit : « David et moi, on pourra aller s'promener comme on veut ! » Est-ce que cela vous fait autant rire que moi, Votre Grâce ?

Je vais vous laisser secouer la tête face aux déclarations exubérantes de votre nièce et retourner auprès de mon épouse ; j'espère pouvoir prendre mon fils dans mes bras et le regarder avec stupéfaction et bonheur, comme doivent le faire tous les pères face au miracle de la vie.

Amicalement et avec mes sincères salutations,
Christopher C. Bryce

PS : Vous me posiez des questions à propos de la production de laine des lions des Cotswolds et de l'éventualité d'accoupler ce mouton avec, peut-être, un Border Leicester, dans l'espoir d'améliorer la qualité de leur carcasse. Je vais bien réfléchir à cette deuxième question et je vous écrirai pour vous parler de cela et d'autres sujets que vous avez évoqués dans une autre lettre. Quant à la première, une brebis peut donner une toison annuelle d'environ cinq kilos de laine blanche. Vous constaterez que la paternité ne m'a pas complètement ramolli le cerveau… ou du moins pas encore !

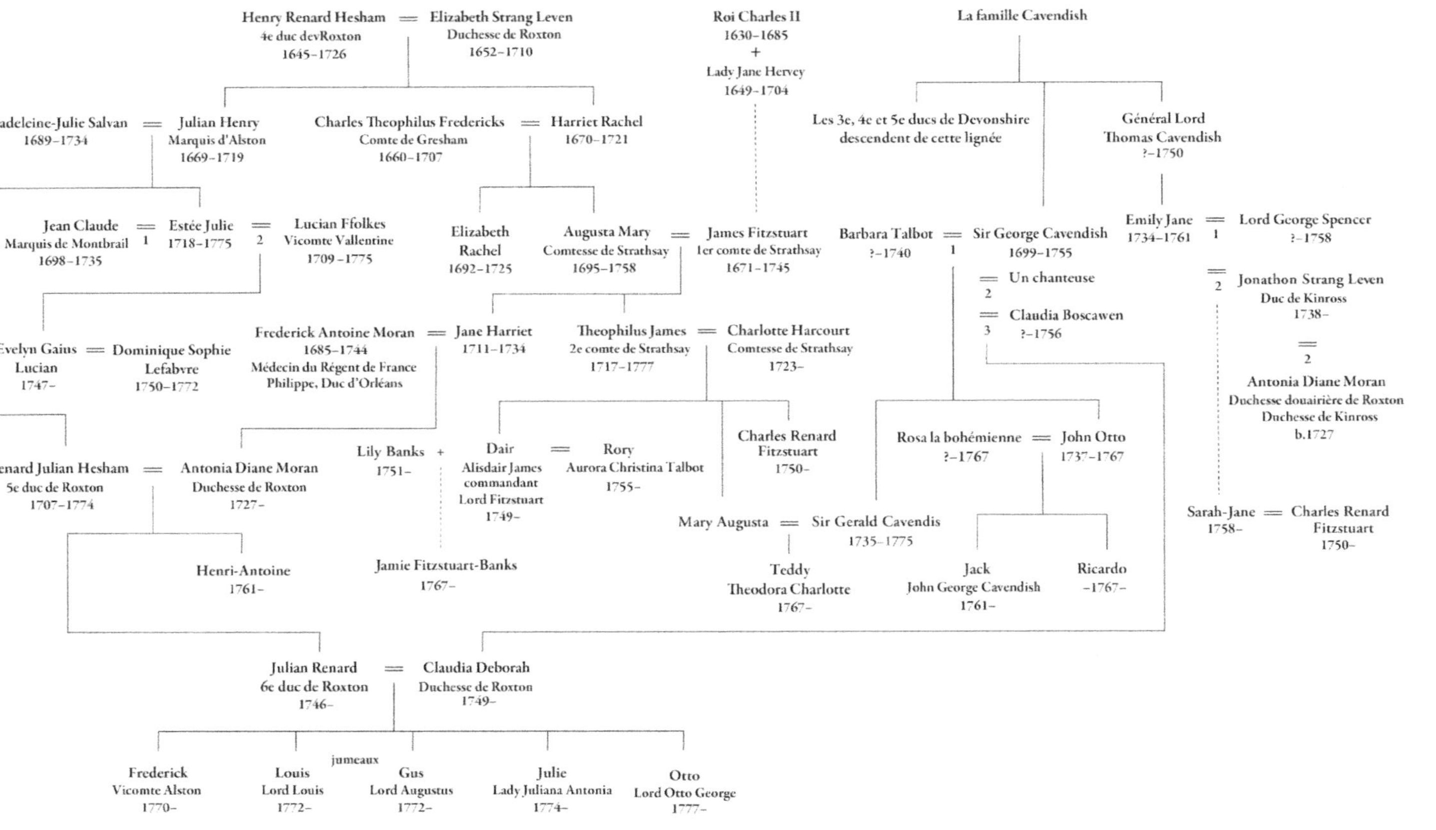

La famille Cavendish
Henry Renard Hesham
4e duc devRoxton
1645–1726
Elizabeth Strang Leven
Duchesse de Roxton
1652–1710
Roi Charles II
1630–1685
+
Lady Jane Hervey
1649–1704
Les 3e, 4e et 5e ducs de Devonshire
descendent de cette lignée
Général Lord
Thomas Cavendish
?–1750
Madeleine-Julie Salvan
1689–1734
Julian Henry
Marquis d'Alston
1669–1719
Charles Theophilus Fredericks
Comte de Gresham
1660–1707
Harriet Rachel
1670–1721
Jean Claude
Marquis de Montbrail
1698–1735
Estée Julie
1718–1775
Lucian Ffolkes
Vicomte Vallentine
1709–1775
Elizabeth
Rachel
1692–1725
Augusta Mary
Comtesse de Strathsay
1695–1758
James Fitzstuart
1er comte de Strathsay
1671–1745
Barbara Talbot
?–1740
Sir George Cavendish
1699–1755
Un chanteuse
2
Claudia Boscawen
3   ?–1756
Emily Jane
1734–1761
Lord George Spencer
?–1758
Jonathon Strang Leven
Duc de Kinross
1738–
Antonia Diane Moran
Duchesse douairière de Roxton
Duchesse de Kinross
b.1727
Evelyn Gaius
Lucian
1747–
Dominique Sophie
Lefabvre
1750–1772
Frederick Antoine Moran
1685–1744
Médecin du Régent de France
Philippe, Duc d'Orléans
Jane Harriet
1711–1734
Theophilus James
2e comte de Strathsay
1717–1777
Charlotte Harcourt
Comtesse de Strathsay
1723–
Renard Julian Hesham
5e duc de Roxton
1707–1774
Antonia Diane Moran
Duchesse de Roxton
1727–
Lily Banks +
1751–
Dair
Alisdair James
commandant
Lord Fitzstuart
1749–
Rory
Aurora Christina Talbot
1755–
Charles Renard
Fitzstuart
1750–
Rosa la bohémienne
?–1767
John Otto
1737–1767
Sarah-Jane
1758–
Charles Renard
Fitzstuart
1750–
Mary Augusta
Sir Gerald Cavendis
1735–1775
Henri-Antoine
1761–
Jamie Fitzstuart-Banks
1767–
Teddy
Theodora Charlotte
1767–
Jack
John George Cavendish
1761–
Ricardo
–1767–
Julian Renard
6e duc de Roxton
1746–
Claudia Deborah
Duchesse de Roxton
1749–
Frederick
Vicomte Alston
1770–
Louis
Lord Louis
1772–
jumeaux
Gus
Lord Augustus
1772–
Julie
Lady Juliana Antonia
1774–
Otto
Lord Otto George
1777–

LETTRES DU
FILS DU SATYRE

Le Fils du satyr
Lettre I

Sa Grâce le très noble [5ᵉ] duc de Roxton à Lord Henri-Antoine Hesham.

[Supposément écrite en décembre 1772 et remise au fils de Sa Grâce quand il avait douze ans, à la mort du duc au début de l'année 1774.]

Mon très cher garçon, mon fils,

Je ne vais pas vous voir devenir le jeune gentleman raffiné que, je le sais, vous êtes déjà, et cela m'attriste énormément. Je n'ai jamais voulu vous quitter. Je n'ai jamais voulu passer une seule journée loin de vous. Et je n'ai jamais regretté un seul moment passé avec vous, un seul moment à veiller sur vous et à rester près de vous dès que vous aviez besoin de moi.

Votre mère et moi avons attendu votre arrivée pendant de nombreuses années, et quand vous êtes enfin né, c'est un bonheur indescriptible qui nous a envahi. Vous nous avez apporté tant de joie. Nous vous avons tant désiré et nous vous aimons tant. Je vous en prie, ne l'oubliez jamais.

Si seulement j'avais pu m'accrocher à la vie un peu plus long-temps, pour pouvoir m'occuper de vous, vous protéger et veiller sur vous, vous aider à mieux comprendre que toute existence, de celle du balayeur de rue à celle de Sa Majesté, doit un jour prendre fin, que nous devons tous un jour quitter cette vie terrestre pour rejoindre le royaume de Dieu. Mais cela signifie que nous devons abandonner ceux que nous aimons – que je dois vous abandonner – et les laisser derrière nous, seuls.

Veuillez excuser votre père un instant, pendant qu'il se coiffe de sa couronne ducale dans l'au-delà pour transmettre ses quatre maximes à son fils : Évertuez-vous à contrôler vos émotions quand vous êtes sous l'œil du public. L'amour et le rire ne doivent être réservés qu'à quelques privilégiés. L'arrogance est la prérogative d'un aristocrate, mais un vrai gentleman préfère rester humble quand la situation le demande. N'oubliez jamais que vous êtes mon fils ; les autres ne l'oublieront pas.

Je ris doucement en écrivant ces mots, car je suis certain que vous allez lever les yeux au ciel, soupirer et vouloir vous plaindre auprès de votre cher père, lui dire que vous connaissez très bien ces maximes, que vous ne les avez pas oubliées et qu'il y a peu de chance pour que cela arrive, car je vous les ai assez répétées, en particulier avant nos visites à Versailles. Et bien sûr, vous nous avez rendus très fiers, votre mère et moi. Votre père va donc arrêter de vous faire la leçon.

J'ai néanmoins une dernière faveur à vous demander : gardez toujours en tête, en cette période, que rien de ce qui arrive autour de vous – ma mort, le chagrin de votre mère et la tris-tesse de Julian – n'est votre faute.

Ne vous ai-je pas dit de nombreuses fois que ma maladie n'avait rien à voir avec vous ? Il faut que vous me croyiez sur ce point, car c'est la vérité. Et en voilà une autre : votre vie, la vie que vous avez connu quand votre père était en bonne santé, ne sera plus jamais la même. Vous allez traverser une longue période de tristesse, et c'est tout à fait normal. Et pendant très longtemps, votre mère et Julian ne seront plus eux-mêmes. Il est tout à fait acceptable que vous versiez des larmes et que vous vous demandiez si le monde n'est pas devenu fou.

Mais je vous promets qu'à mesure que les années passeront, que vous deviendrez plus grand et plus fort, la vie retrouvera un semblant de normalité, et vous et Jack (vous n'auriez pas pu trouver meilleur ami) redeviendrez insouciants et pourrez vivre pleinement.

C'est ce que vous devez faire, pour moi, pour votre mère, pour Julian, pour Jack, et plus important encore, pour vous-même – il faut que vous viviez et que vous profitiez de la vie. Je sais que vous ne m'oublierez jamais, que je ne serai jamais loin de vos pensées et qu'à certains moments, lors des moments de calme, de tranquillité, vous ressentirez le poids d'une tristesse accablante sur votre poitrine. Vous sangloterez jusqu'à ce qu'il soit douloureux de respirer et vous vous demanderez comment la vie a pu être cruelle au point de vous arracher votre très cher père alors que vous étiez si jeune.

Et comment pourrais-je possiblement compatir à votre sentiment d'abandon et de solitude, à votre impression d'être à la dérive, de voguer sans but sur une mer agitée, entouré d'un vaste et sombre océan, tout cela parce que votre père n'est plus près de vous pour vous ramener à bon port ?

Je comprends tout cela car quand j'avais votre âge, j'ai moi-même perdu mon cher père, de la façon la plus tragique qui soit. Je me suis retrouvé à la dérive au milieu de ce vaste et sombre océan. Et bien que les circonstances de sa mort aient été différentes, cette expérience ne fut pas moins éprouvante et, à certains égards – et vous ne voudrez peut-être pas me croire, car comment votre chagrin pourrait-il être surpassé ? –, elle fut bien pire encore, en raison de ce qu'il s'est passé après sa mort.

J'ai donc envie de vous faire part de cette expérience en vous racontant une dernière histoire. Comment votre père pourrait-il vous quitter sans vous transmettre un dernier récit ? Vous avez toujours fait un public merveilleux et attentif aux récits fantastiques de la folle jeunesse de votre cher père, qu'ils soient racontés en anglais ou en français. Les heures que vous avez passées allongé sur la méridienne à récupérer m'ont octroyé l'opportunité et le plaisir de revenir sur mes nombreuses aventures et de réfléchir à la vie que j'ai menée, et je vous remercie pour cette chance.

Laissez donc votre cher père vous parler de sa vie quand il avait douze ans.

Dans cette histoire, je vais parler de moi en utilisant le prénom Renard, qui est celui que mes parents m'ont donné, celui que votre mère utilise en privé. Cela m'aidera à raconter ces événements traumatisants, car si votre frère et Martin sont au courant de cet épisode, il n'y a qu'à votre mère que j'ai confié mes pensées les plus profondes et les détails au sujet de ce qu'il s'est passé. Et je veux maintenant vous en faire part. Par ailleurs, j'espère que quand vous serez plus vieux, dans de nombreuses années peut-être, et que vous retomberez sur cette lettre, vous pourrez relire cette histoire en la comprenant mieux, et en ayant une meilleure appréciation de la raison pour laquelle je vous la confie.

Cette histoire débute il y a plus d'un demi-siècle, à Paris, dans notre hôtel de la rue Saint-Honoré. Renard, qui était alors un petit garçon, y vivait avec ses parents et sa petite sœur, qui venait de naître. Sur certains points, cette famille n'était pas si différente de la nôtre : dans les deux cas, il est question de deux parents qui s'aiment et qui ont un fils qui reste enfant unique pendant de nombreuses années avant l'arrivée d'un autre enfant qui surprend tout le monde. Après cette naissance, de nombreux invités sont passés à l'hôtel pour apporter des cadeaux et s'extasier devant le bébé. Des fêtes et des réceptions ont été organisées à la maison, ainsi que des excursions d'une journée à la campagne pour le présenter à des parents âgés.

Renard aimait sa petite sœur, mais il boudait parce que ses parents et les membres importants de sa famille lui accordaient trop de temps et d'attention. Son père s'en est aperçu et a voulu se faire pardonner. Ainsi, un jour, quand sa petite sœur avait environ neuf mois, son père a proposé à Renard de l'accompagner chasser pendant une semaine dans les forêts de Saint-Germain. Mais la mère de Renard ne voulait rien entendre, elle disait que la chasse était une activité trop dangereuse et qu'un petit garçon n'y avait pas sa place. Le père de Renard avait-il perdu la tête ? Il avait un seul fils héritier. Elle était déjà assez inquiète que son mari mette sa vie en péril, elle n'avait pas besoin que son fils mette en plus la sienne en danger.

Renard a longtemps et ardemment supplié sa mère pour qu'elle l'autorise à accompagner son père, mais elle n'a pas voulu changer d'avis. Renard a dit à son père que s'il l'aimait vraiment, il l'emmènerait avec lui en dépit de l'opposition de sa mère. Mais son père n'a pas voulu céder, et il a dit à Renard qu'il valait mieux qu'il reste avec sa mère et sa petite sœur ; n'était-ce pas lui, l'homme de la maison, quand il s'absentait ? Il devait prendre soin de sa famille jusqu'au retour de son père.

Renard, qui ne voulait pas se calmer, a craché que son père ne l'aimait pas du tout. Pour faire bonne mesure, il a déclaré qu'il détestait ses deux parents autant l'un que l'autre. Renard allait regretter ces paroles pour le restant de ses jours.

Par une fenêtre située à un étage supérieur de l'hôtel, Renard a observé la cour de l'écurie prendre vie tandis que son père et ses hommes se préparaient à partir. Des garçons d'écurie ont préparé les chevaux et un carrosse a été rempli de provisions et de domestiques qui accompagneraient leur maître durant cette semaine à l'aventure. Il a vu sa mère sortir pour dire au revoir à son père, celui-ci lui donner un baiser d'adieu, puis un autre à sa petite sœur. Puis son père a levé les yeux vers la fenêtre avec un sourire et lui a fait un signe de la main. Mais Renard s'est senti tellement embarrassé en se rendant compte que son père savait qu'il était à la fenêtre depuis le début qu'il s'est reculé sans lui répondre. Et quand il est revenu précipitamment devant la fenêtre, regrettant sa pétulance, son père et ses hommes étaient déjà en train de passer sous l'arche. Puis ils ont disparu.

C'était la dernière fois que Renard voyait son père en vie.

Le père de Renard est mort à la chasse ; il est tombé de cheval et s'est brisé la nuque. Sa mort a été rapide et indolore, et il est parti, tout à coup, en un battement de paupières, laissant derrière lui une jeune épouse inconsolable, un fils de douze ans et une petite fille qui venait de naître. Et Renard, à douze ans, s'est retrouvé à la tête de sa famille, responsable de sa mère et de sa petite sœur. Mais il n'a pas vraiment eu l'opportunité d'exercer cette nouvelle maturité, car trois mois seulement après la mort de son père, alors que sa famille était encore accablée par le chagrin, des étrangers sont arrivés à l'hôtel au beau milieu de la nuit pour emmener Renard vivre chez son grand-père loin de là, en Angleterre.

La mère de Renard, sa famille française et leurs avocats n'ont rien pu faire pour empêcher cela. Après la mort de son père,

Renard est devenu l'héritier du duché anglais de son grand-père, qui avait donc certains droits sur lui. Renard n'avait jamais rencontré ce vieil homme, il savait très peu parler anglais et il n'avait jamais visité le pays natal de son père. Mais plus important encore, il n'avait jamais été séparé de sa mère.

Tout cela n'avait aucune importance pour les étrangers qui étaient venus le chercher depuis l'Angleterre. Renard a été arraché de force à sa famille, et d'ailleurs directement des bras de sa mère. Les domestiques ont été pris d'un accès de désespoir et sa mère s'est mise à hurler comme un animal blessé quand son fils a été emmené et jeté dans un carrosse. Renard a donné des coups de pied, il a crié, il a fait tout ce qui était en son pouvoir pour se libérer de ses geôliers, mais en vain. Il s'est débattu dans le carrosse, déterminé à s'échapper, et voyant qu'ils ne pouvaient pas apaiser sa crise d'hystérie par les mots, ces hommes lui sont tombés dessus, lui, ce petit bout de garçon, et ils l'ont battu jusqu'à ce qu'il arrête de bouger. Puis ils l'ont attaché de sorte qu'il ne pouvait plus bouger du tout et ils l'ont bâillonné d'un bout de tissu qu'ils ont attaché autour de sa tête pour l'empêcher de faire le moindre bruit. Terrifié, Renard s'est uriné dessus, et il a eu tellement honte d'avoir perdu le contrôle de sa dignité qu'il s'est évanoui. À son réveil, il s'est rendu compte qu'il n'avait plus aucune larme à verser, et il est tombé dans un état de stupeur duquel il n'est jamais vraiment sorti.

Après la mort de son père et la séparation d'avec sa mère et sa petite sœur, Renard n'était plus entouré d'amour, choyé dans un lieu plein de chaleur et de bonheur. Il a été forcé de vivre avec son vieux grand-père, le quatrième duc de Roxton, un vieil homme froid et amer qui n'était pas habitué à la compagnie des enfants. Ce vieillard était un étranger, et Renard le détestait. Mais il était assez intelligent pour se rendre compte qu'il devait simplement attendre son heure, car il ne pouvait pas rester énormément d'années avant la mort de son grand-père ; il deviendrait alors duc et personne ne pourrait plus lui dire quoi faire. Et quand il hériterait du titre, il retournerait en France, auprès de sa famille, et il ne les quitterait plus jamais.

Renard a refoulé son chagrin, mais ce faisant, il a oublié son cœur et tout l'amour qu'il pouvait avoir à donner. Mais comme il n'y avait personne pour recevoir cet amour ou pour lui en donner, il s'est facilement adapté à la situation. C'est comme s'il avait placé son cœur dans un bocal et enfermé ce bocal dans un placard au plus profond de lui-même.

L'ancien duc a encore vécu sept longues années, durant lesquelles Renard avait l'interdiction de parler et d'écrire en français et d'avoir le moindre contact avec sa mère. L'ancien duc voulait que son petit-fils devienne un véritable anglais, qu'il oublie son père et sa mère française, ainsi que la vie qu'il avait menée à Paris. Renard a été envoyé à Eton puis à Oxford, et quand il a hérité du duché juste après son dix-neuvième anniversaire, il avait tout d'un duc anglais, ce dont son vieux grand-père pouvait être fier.

Vous devez vous demander comment Renard a bien pu oublier son héritage français, sa mère qui l'aimait et la vie qu'il avait menée à Paris avec ses parents. Mais voyez-vous, mon très cher garçon, sans amour, sans la chaleur de ses parents et après la perte de son cher père, Renard – votre père – a senti quelque chose mourir en lui. Et quand je suis devenu duc à mon jeune âge, je me suis dit que je n'avais pas besoin du cœur que j'avais rangé dans un bocal puis dans un placard au fond de moi, car avoir un cœur ne m'avait jamais apporté qu'une immense tristesse.

J'ai vécu de cette manière, sans amour et sans cœur, pendant près de deux décennies. C'est votre mère qui a trouvé ce placard et a réussi à l'ouvrir, c'est elle qui y a trouvé le bocal qui renfermait mon cœur, c'est elle qui l'a libéré. C'est grâce à son amour et à la confiance qu'elle a placée en moi que mon cœur a pu se remettre à battre d'amour. Et depuis ce jour, je me suis souvent demandé comment j'avais pu m'en passer pendant une si longue partie de ma vie.

Si votre cher père vous raconte cette histoire, mon cher garçon, ce n'est pas pour que vous soyez triste pour lui, mais parce qu'il sait que vivre sans amour revient à ne pas vivre du tout. J'ai eu tort de ranger mon cœur dans un placard. J'ai eu tort de perdre tout espoir et d'abandonner. Il vaut mieux avoir aimé et ressentir du chagrin que de ne pas avoir aimé du tout. Il faut que vous fassiez votre deuil, que vous pleuriez ma perte pour qu'un jour, à l'avenir, quand vous trouverez l'amour de votre vie, vous puissiez aimer, connaître un grand bonheur et accepter librement l'amour d'une autre. Cela aussi, il est impératif que vous le fassiez, pour votre mère, qui vous aime tant et qui, après une période de deuil, sera là pour vous, toujours.

Je vous promets qu'un jour, pas aujourd'hui, ni même demain, mais un jour, quand vous deviendrez un jeune homme, tout ceci arrivera. Il faut que vous fassiez confiance à votre cher père sur ce point.

Je vous ai aussi raconté l'histoire du jeune Renard pour pouvoir vous présenter mes excuses, car je vous quitte, comme m'a quitté mon père. Mais mon père n'a pas eu le luxe de me dire au revoir. J'espère que quand le jour où j'ai finalement dû vous quitter est arrivé, vous étiez bien plus préparé que je ne l'ai jamais été. Et personne ne viendra vous arracher à votre mère, votre frère et votre famille. Vous pourrez toujours compter sur eux. Vous serez toujours chez vous à Treat. Et vous serez toujours entouré par des gens qui vous aiment et qui se soucient de vous. Vous avez ma parole et je vous en fais la promesse solennelle.

Ne vous en faites pas si vous pleurez sur cette lettre, ou même si vous m'en voulez tellement de vous avoir abandonné que vous en chiffonnez les pages et les jetez au feu. Si cela peut vous aider à vous sentir mieux, faites-le. La lettre que vous tenez dans les mains est une copie de l'originale, que j'ai confiée à votre frère. Je l'ai chargé de vous donner les versions originales de toutes mes lettres à votre vingt-et-unième anniversaire.

Votre père doit se reposer, à présent. J'espère avoir assez écrit dans cette lettre pour vous apporter un peu de réconfort, et sachez que ce n'est pas la dernière fois que vous entendez parler de votre très cher père ! Il aura d'autres choses à vous dire dans sa prochaine missive. En attendant, il reste – pour toujours et à jamais – votre cher père, qui vous aime.

R

Le Fils du satyr
LETTRE 2

Sa Grâce le très noble [5ᵉ] duc de Roxton à Lord Henri-Antoine Hesham, lorsqu'il atteindra sa majorité.

[Supposément écrite en décembre 1772, avant la mort de Sa Grâce au début de l'année 1774. Confiée à son successeur, le frère de Sa Seigneurie, puis donnée à Sa Seigneurie à son vingt-et-unième anniversaire, le sceau ayant été brisé en 1782.]

Mon très cher garçon,

Félicitations pour votre majorité.

Je me souviens du jour où vous êtes né, de la première fois où je vous ai pris dans mes bras, comme si c'était hier. Votre mère et moi étions si heureux et bouleversés d'accueillir un deuxième fils dans notre vie. Je suis donc extrêmement content de partager cet anniversaire tout spécial avec vous par le biais de cette lettre.

Votre cher père vous a dit il y a de nombreuses années que ce n'était pas la dernière fois que vous entendiez parler de lui, me revoilà donc pour un court moment avec vous. Je ne peux peut-être pas vous embrasser et vous prendre dans mes bras, mais sachez que je suis assurément auprès de vous.

Je ne vous écris pas de l'au-delà pour vous perturber ou pour réveiller des souvenirs douloureux de ma mort, mais dans l'espoir qu'au cours des années qui ont passé depuis que votre cher père a dû vous quitter bien malgré lui, vous avez bien vécu et avez été heureux. Je suis certain que vous êtes devenu un jeune gentleman raffiné, ce dont je peux être très fier.

J'espère que vous et Jack avez passé quelques années à Oxford et que vous prévoyez maintenant, à moins que vous ne soyez déjà partis, de faire votre Grand Tour sur le continent. Vous allez vivre les plus merveilleuses aventures et rentrer avec de nombreux souvenirs et, je l'espère, une collection d'œuvres d'art et de curiosités qui seront dignes d'orner les murs et de remplir les vitrines de vos appartements.

J'ai discuté de votre vingt-et-unième anniversaire avec votre frère, et nous nous sommes mis d'accord pour que ce jour-là, Julian vous offre les clés de vos propres appartements à Treat. C'est quelque chose que nous voulions tous les deux faire pour vous, et nous avons commencé à ébaucher ce projet dès que je suis tombé malade : nous avons fait appel à un architecte pour la rénovation d'une partie de l'aile est, ce qui vous permettra de disposer de vos propres appartements. J'espère que le résultat vous plaira. Nous voulions vous offrir vos propres quartiers autonomes, à la manière française, pour vous permettre d'aller et venir comme vous le souhaitez et de vivre comme vous l'entendez sous votre propre toit. Et si j'ai toujours voulu que vous ayez une place à Treat, je dois vous dire que c'est à votre frère, en tant que sixième duc, qu'est revenue la décision finale de vous octroyer gracieusement cette résidence attitrée au sein de son foyer et de celui de ses enfants. Je n'aurais pas pu espérer un frère plus aimant et attentionné pour vous. Savoir que ce projet était déjà bien avancé quand je suis entré en phase terminale de ma maladie et que vous aurez toujours un endroit bien à vous au sein de votre maison d'enfance a permis d'apaiser énormément mes craintes à propos de l'avenir.

C'est de votre avenir que j'aimerais surtout parler dans cette lettre. Il faudra que vous pardonniez la mention de votre maladie à votre père, mais il faut que j'en parle, car elle fera toujours partie de vous. Je suis certain qu'aujourd'hui encore, elle continue à régir une grande partie de vos décisions quotidiennes, et même si vous, moi, votre mère ou votre frère souhaitons qu'il en soit autrement, c'est ainsi et nous ne pouvons pas l'ignorer. Nous devons donc gérer la situation du mieux que nous le pouvons. Je suis certain que c'est exactement ce que vous faites, avec un courage et une patience exemplaires.

Dès votre plus jeune âge, votre mère et moi avons su que vous étiez spécial, que vous ne seriez jamais comme les autres garçons. Le mal caduc vous empêche de saisir les opportunités normalement réservées aux fils qui n'hériteront pas du titre de leur père. Une carrière dans l'armée ou la marine n'est pas envisageable pour vous, dans le clergé non plus, indubitablement, et le droit et la politique ne vous conviendraient pas, non pas que je ne vous croie pas assez intelligent pour cela, car vous l'êtes, mais pour la simple raison que de tels métiers exigent de vivre sous l'œil du public. Je ne souhaiterais pas une telle carrière à un homme d'un naturel timide, et encore moins à un homme diminué par le mal caduc.

J'espère qu'au fur et à mesure des années, vous avez pu organiser votre vie d'une manière qui vous convient et que vous pouvez traiter votre affliction comme un désagrément insignifiant qui nécessite seulement quelques ajustements, plutôt que de rester esclave de cette condition toute votre vie. Cette maladie vous accompagnera toujours, mais vous ne pouvez pas la laisser vous dévorer. Vous devriez toujours la voir comme une énigme qui vaut la peine d'être résolue, et non comme un fardeau qui pèse sur vos épaules.

Et puisque vous êtes spécial et que vous ne pouvez pas suivre les vocations habituelles des fils cadets, vous vous retrouvez dans une position enviable, celle de n'avoir aucune voie à suivre, aucune attente à satisfaire. Mais je comprends également que cela vous laisse à la dérive. Votre père va veiller à ce que vous arriviez à bon port, mais pour ce faire, il va vous compliquer la vie en vous révélant qu'aujourd'hui, le jour de votre vingt-et-unième anniversaire, vous entrez en possession d'un héritage considérable.

J'avais espéré être présent en ce jour, que j'ai commencé à planifier juste après votre quatrième anniversaire, quand nous avons compris que votre vie ne serait jamais libérée de ces crises d'épilepsie. Chaque année depuis ce jour, j'ai mis de côté une partie de mes revenus annuels pour votre héritage. Cet argent a ensuite été investi dans des fonds, et j'ai continué à effectuer ces versements annuels jusqu'à ce que votre frère hérite de mon titre. J'ai fait mes calculs, et avec une fortune accumulée sur huit ans et investie jusqu'à votre vingt-et-unième anniversaire, je pense qu'en ce jour, votre héritage doit s'élever à un peu plus de cent mille livres. 100 000 livres. Je préfère l'écrire en chiffres, au cas où vous penseriez que votre cher père était devenu sénile et avait écrit « cent » par erreur.

Félicitations. Vous venez de devenir un jeune gentleman excessivement riche. Vous n'avez aucune obligation ou modalité à remplir pour accéder à cette fortune, aucune personne tierce par qui passer. À partir d'aujourd'hui, elle vous appartient entièrement et vous pouvez en disposer comme vous l'entendez. Oui, vous pouvez la risquer aux jeux, la dépenser, l'utiliser pour toutes sortes de babioles et de vices, y compris les femmes, et personne, y compris votre frère, ne pourra rien y faire. Vous pourriez aussi la faire fructifier et devenir avare, ou peut-être culpabiliser de posséder une telle fortune et vous demander si vous ne devriez pas la léguer à votre frère qui, j'en suis persuadé, a maintenant une grande famille aux besoins de laquelle il va devoir subvenir avec son propre patrimoine.

Je peux vous assurer que la fortune dont a hérité votre frère suffirait pour cinq vies entières, même pour quelqu'un ayant une large famille, des domaines à gérer et des centaines de métayers sous sa responsabilité. Il est démesurément riche, comme je l'ai été pendant la majeure partie de ma vie. Mon grand-père, le quatrième duc, était un ladre. S'il dépensait le moindre penny, c'était seulement pour en gagner encore plus. La seule chose qu'il a couverte d'attention et de richesse dans sa vie, c'est Treat ; il a investi pour construire, mais aussi pour entretenir la maison et le terrain. C'est pour en faire un monument à la hauteur de sa personne et de son nom qu'il a fait tout cela. Il a engagé toute une floppée d'architectes, de paysagistes, d'arpenteurs et d'artisans de talent, ainsi que des centaines d'ouvriers, mais la main-d'œuvre, comme vous le savez, ne coûte pas cher, et il a donc dépensé très peu d'argent. Par ailleurs, les matériaux ne lui ont presque rien coûté non plus, car les pierres venaient de ses propres carrières et les autres ressources naturelles de terres en sa possession. Ainsi, à sa mort, mon grand-père n'a laissé personne derrière lui pour pleurer sa disparition, seulement une ébauche de palais au sein d'un domaine nommé Treat. J'ai jugé bon de terminer ce palais, et j'espère avoir été capable d'en faire un véritable foyer pour votre mère, votre frère et vous.

Votre frère haussera peut-être les sourcils de surprise face au montant de votre héritage, mais il ne vous en envierait jamais la moindre pièce. Et si cela devait l'inquiéter, ce serait parce que je n'ai placé aucune restriction sur votre accès à cet argent ; votre frère ne peut pas vous le refuser, ni vous le verser en plusieurs fois, et je suis certain qu'il aimerait pouvoir le faire, dans votre intérêt. Vous devez assurément être reconnaissant envers votre cher père pour cela, mais vous le serez peut-être moins quand je vous dirai qu'une grande fortune implique de grandes responsabilités. Vos cent mille livres reposent maintenant sur vos épaules, et bien que je ne veuille pas vous accabler, cette somme est là, et c'est maintenant à vous de bien réfléchir à ce que vous allez faire de cet argent et de votre vie. La valeur d'un grand héritage ne se mesure pas à la façon dont il est conservé, mais à la façon dont il est dépensé.

Je vous donne la chance unique de faire quelque chose de votre vie, quelque chose qui a plus de valeur que les briques et le mortier d'un immense palais ou la sauvegarde de l'avenir d'un illustre titre. C'est à votre frère de porter ce fardeau. En tant que fils aîné, il n'a pas eu la possibilité de vivre autrement. C'est un fardeau entièrement différent que je place sur vos épaules, celui du choix.

Votre très cher père a entièrement confiance en vous, il sait que vous vous conduirez et mènerez toujours votre vie d'une façon qui le rendra fier, et j'ai toujours pensé que vous me surprendriez et que vous dépasseriez les attentes des autres. Vous êtes mon fils, après tout.

Un petit boîtier accompagne cette lettre, dans lequel vous trouverez une bague en or ornée d'une cornaline dans laquelle ont été gravées les armoiries familiales. Cette bague appartenait à mon père. Il la portait tous les jours, et je me souviens qu'elle faisait entièrement partie de lui. Je ne l'ai pas portée moi-même, ayant hérité de la bague ducale des Roxton, ornée d'une émeraude, qui appartenait à mon grand-père et que tous les ducs de Roxton, traditionnellement, ont portée dès qu'ils ont hérité du titre. Je suis sûr que votre frère porte aujourd'hui fièrement cette bague. Cette bague-ci en revanche, celle que je vous lègue, a une grande valeur sentimentale pour moi, et je veux donc que vous l'ayez, en souvenir de moi et pour symboliser l'amour entre un père et son fils. J'aimais énormément mon père, je l'adorais même, et je sais qu'à votre tour, vous m'avez aimé avec tout autant d'intensité.

Je crois que votre cher père vous a donné assez à réfléchir pour une seule lettre. En écrivant ces lignes, je sais déjà que vous me rendrez visite sur ma tombe pour me montrer la bague et à quel point elle va bien à votre doigt, et je suis impatient de vous voir.

Oh, et si vous pensez que c'est la dernière fois que vous lisez votre père, ce n'est pas le cas. Mais cette autre lettre que je vous ai laissée peut attendre un autre jour. Quel jour ? Je ne peux pas le prédire, mais j'espère néanmoins que ce jour arrivera, dans un futur pas trop éloigné, et que vous ressentirez bel et bien le besoin de l'ouvrir et de lire ce que votre père souhaite vous dire à cette occasion.

Je vous aime de tout mon cœur,
Tendrement,
Votre cher père,
R

Martin Ellicott, Esq., Moranhall, route de Bath, Bath, Avon, à Lord Henri-Antoine Hesham, Treat via Alston, Hampshire.

[Nous incluons cette correspondance, avec l'aimable permission de Leurs Grâces, en raison de l'éclairage important qu'elle apporte sur la création de l'estimée fondation Fournier. Ils ont insisté pour que certains noms et passages soient censurés de la façon habituelle.]

Moranhall, route de Bath, Bath, Avon
Le 12 mai 1784

Milord,

Cher garçon, j'ai reçu votre lettre avec le courrier de ce matin, et elle m'a immensément réjoui. Je n'ai aucune véritable raison de me plaindre, la météo printanière étant superbe. Je respire mieux aujourd'hui qu'hier soir, et une longue lettre reçue hier de Sa Grâce votre mère a eu comme toujours le pouvoir de me mettre de bonne humeur ; bien souvent avec elle, je ris de bon cœur avant même la fin du premier paragraphe.

Mon état de santé est aussi précaire que la météo changeante, je vais donc en venir directement au fait, pour le cas où je serais pris d'une quinte de toux ou qu'il se mettrait à pleuvoir, ou les deux.

Vous savez que Sa Grâce votre frère souhaite que je passe les jours qu'il me reste à vivre à Treat avec le reste de la famille, et je suis très flatté par sa proposition. Mais entre nous, je ne peux pas laisser [*censuré*] ici, pas après vingt ans de [*censuré*] [*censuré*], et [*censuré*] ne veut pas venir à Treat. Et ce même si l'invitation de Sa Grâce [*censuré*] aussi. Nous ne serions pas à l'aise avec de telles dispositions, bien que Leurs Grâces (et quand je dis cela, je ne parle pas seulement de mon filleul et son épouse, mais aussi de votre très chère mère et Kinross) m'aient assuré que nous sommes pareillement les bienvenus. Quand je mourrai, et je dis bien quand je mourrai, et pas si je meurs, car cela ne saurait tarder, je mourrai ici, avec [*censuré*] à mes côtés. Mais [*censuré*] sait et accepte le fait que quand je laisserai cette carcasse décharnée derrière moi, je quitterai également [*censuré*], car j'ai l'intention de retourner auprès de votre père, dans cet endroit qui a été mon chez-moi presque dès ma naissance. Être enterré dans le mausolée des Roxton est un honneur que je sais inestimable. Votre famille est la mienne, et c'est le cas depuis que mes parents ont travaillé au service de votre arrière-grand-père, le quatrième duc. Savoir que je passerai l'éternité auprès de votre père et, en temps voulu, votre mère, me réconforte énormément, et cela semble également réconforter votre frère, vous-même et Sa Grâce votre mère. [*censuré*] le comprend et respecte mes volontés.

Je ne saurais exprimer convenablement l'honneur que me fait votre famille, et je sais que si je m'y essayais, la rédaction de cette lettre me prendrait deux fois plus de temps et ne serait peut-être même jamais terminée. L'émotion qui m'envahit est tellement forte qu'elle me paralyse.

Je dois vous remercier de m'avoir gentiment proposé que [*censuré*] reste vivre ici, dans cette maison qui est notre chez-nous depuis maintenant seize ans. Mais nous avons conjointement décidé d'accepter l'offre tout aussi charitable de Sa Grâce, qui propose à [*censuré*] une maison de ville au centre de Bath, juste à côté des thermes, qui sont facilement accessibles en chaise à porteurs. J'ai l'esprit tranquille de savoir que [*censuré*] aura un endroit où vivre et des revenus garantis à vie. J'ai écrit à Sa Grâce sous pli séparé pour lui faire part de nos volontés à ce sujet, et pour la remercier du fond de notre cœur. Et bien sûr, je ne saurais vous dire à quel point je suis reconnaissant que vous nous ayez laissé vivre ici après que votre estimé père vous ait légué le domaine. J'espère qu'un jour, quand vous finirez par vous marier, vous et votre épouse emplirez cette maison d'autant de souvenirs heureux que nous.

Vous trouverez peut-être cela morbide, mais il est nécessaire que je vous le dise : si j'ai décidé de léguer mes économies et mes biens matériels à [*censuré*], c'est à vous que je lègue ma collection d'art et ma bibliothèque. Je sais que c'est ce que vous apprécierez le plus. Et vous, au moins, ne serez pas offensé de trouver dans ma collection accumulée sur plusieurs décennies, entre la période passée avec votre père et mes voyages continentaux avec votre frère, des ouvrages, peintures et dessins considérés, par ceux qui ne peuvent apprécier l'art en lui-même ou qui sont de nature trop prude pour ne serait-ce que contempler de telles œuvres d'art ou ouvrir ce genre de livres, comme dépassant les limites de la décence. Ma collection se compose notamment d'un lot complet de miniatures réalisées par Boucher, et une autre par Fragonard, représentant [*censuré*] et [*censuré*]. J'ai également dans ma collection une rare statue de la nymphe et du satyre s'adonnant à [*censuré*]. Parmi les *in-folio*, vous trouverez une partie du travail du comte de [*censuré*], et un autre ensemble réalisé par madame [*censuré*] (c'est en tout cas ainsi qu'elle se fait appeler), et je sais que vous les apprécierez plus pour l'humour de leur prose que pour la grivoiserie que l'on retrouve dans ces pages. Je vous lègue également ce que je crois être l'une des deux seules copies encore existantes de [*censuré*]. Votre père me l'a offerte lorsque j'ai pris ma retraite, et c'est bien sûr lui qui possédait l'autre copie. Vous trouverez aussi [*le reste du paragraphe est censuré*].

Ci-inclus une liste détaillée que vous pourrez parcourir attentivement ; ainsi, quand vous viendrez ici ou enverrez un représentant quand nous ne serons plus là, vous trouverez tout exactement comme nous l'avons laissé : les peintures toujours accrochées aux murs, les statues dans mon cabinet et la collection de dessins dans les *in-folio* mis de côté avec les livres de la bibliothèque.

[*La liste existe, mais elle n'est pas incluse dans ce recueil.*]

Laissez-moi passer à des sujets plus joyeux et bien plus importants.

Je suis honoré que vous me demandiez conseil pour votre projet de création de fondation médicale qui proposerait son aide aux médecins dans leurs recherches et qui œuvrerait pour l'avancée de la médecine. Vous avez mon approbation pour le nom « fondation Fournier ». Ce nom met une distance convenable entre vous, fils d'un duc et frère d'un autre duc, et les aspects plus troubles, si j'ose dire, de la profession médicale. Vous et votre nom de famille devez rester irréprochables, en particulier quand on sait que certains de nos pionniers médicaux n'ont aucun scrupule dans l'obtention d'échantillons pour les dissections et les recherches, ayant recours à l'utilisation des corps encore chauds des misérables qui ont perdu la vie par pendaison. Par ailleurs, et je peine à y croire, certains médecins acceptent d'utiliser des cadavres sortis de leur tombe fraîchement creusée ; on enlève les vêtements de ces corps et on les présente, nus, dans les amphithéâtres d'anatomie, où ils subissent tout un tas de traitements barbares au nom de la science. Le vol de vêtements et autres possessions des morts est un délit, mais voler les cadavres nus de ces pauvres âmes n'en est visiblement pas un. Je comprends que nos hommes de médecine aient besoin d'examiner et de manipuler le corps humain afin de percer les secrets de son fonctionnement interne et d'aider de ce fait les vivants, mais il doit sûrement y avoir une meilleure façon, plus respectueuse, d'entreprendre ces études, non ?

Mais ne prêtez pas attention à mes objections et à mes grands discours. Vous devez faire ce qui vous semble approprié et digne de votre investissement pour assister le développement de la connaissance scientifique. Mais je vous mets néanmoins en garde et vous conseille de vous tenir à distance des détails quotidiens d'une telle entreprise. Par ailleurs, je ne suis pas complètement à l'aise à l'idée que vous vous rendiez dans des endroits qui grouillent des miasmes des malades, en raison surtout de l'équilibre délicat de votre constitution. Je vous en prie, suivez mes conseils et pensez avant tout à votre santé. Votre mère ne supporterait pas de vous perdre ; un tel drame fendrait son cœur en deux, et même l'amour de Kinross ne saurait la sortir d'un tel gouffre de désespoir.

Laissez le Dr Bailey et les autres administrateurs entrer en jeu et faire ces visites à votre place, je vous le conseille, je vous en supplie. Bailey fera une excellente figure de proue de la fondation ; j'ai toujours considéré qu'il avait un esprit curieux et une nature compatissante. Et j'ose envisager que vous lui avez très généreusement accordé le titre de directeur en raison du lien intime que vous avez eu avec lui dans votre enfance, quand il était votre médecin personnel. Je pense que vous voulez peut-être vous racheter après l'avoir traité de façon autoritaire, lui qui acceptait l'arrogance de votre noblesse juvénile avec bon esprit. Et c'est avec le plus grand respect que je mentionne ceci.

Votre souhait de rester un bienfaiteur anonyme de la fondation est une décision tout à fait prudente et réfléchie. Si le grand public venait à apprendre que vous avez desserré les cordons de la bourse pour ce projet, toutes sortes de flagorneurs et de lèche-bottes courant après un financement viendraient frapper à votre porte pour vous soumettre tout un tas de combines et de demandes absurdes, tant et si bien que vous pourriez j'en suis sûr employer un secrétaire à plein temps uniquement pour gérer ces requêtes. Rester dans l'ombre vous permettra d'avoir plus de liberté pour distribuer vos largesses là où vous le voulez. Il est nécessaire que vous soyez assisté par un conseil d'administration, mais ne le laissez pas vous gouverner. Mais maintenant que j'ai écrit cela, je ne peux m'empêcher de sourire, car je ne connais personne, à l'exception de votre estimée mère, qui est moins susceptible d'être influencé ou persuadé par les autres une fois que sa décision est prise.

Votre très cher père serait extrêmement fier de vous, du fait que même à votre jeune âge, vous empruntez une voie sage et généreuse, celle d'utiliser votre héritage pour faire une différence dans le monde. Et je suis persuadé que c'est ce que vous allez faire, et pas seulement pour quelques personnes, mais pour beaucoup, peut-être même des milliers et des milliers de personnes, parmi les âmes les plus vulnérables de notre nation, qui ont le plus besoin d'attention, de soins médicaux et de la myriade de possibilités prometteuses qui accompagnent les progrès de la science.

Vous avez hérité de la grande intelligence et de la soif de connaissances de votre mère, mais aussi de sa compassion pour ses semblables, car pourquoi auriez-vous choisi de faire tout ce que vous pouvez pour améliorer la condition humaine en créant une fondation médicale qui aidera les plus pauvres des miséreux, si ce n'est parce que, comme votre chère mère, vous êtes doué d'une grande humanité ? Et si vous ressemblez beaucoup à monsieur le duc physiquement, vos tempéraments sont également très proches, et je ne parle pas de la grande arrogance de votre père ou de la distance naturelle qu'il mettait entre lui et ceux qui ne faisaient pas partie de sa famille proche. Je connaissais bien votre père, et il ne pouvait pas me cacher le fait qu'il était un homme aux sentiments profonds. C'était surtout évident quand il était avec votre mère, et je n'ai jamais été témoin d'une histoire d'amour plus belle que celle de vos parents. Quant à l'amour qu'il ressentait pour vous et votre frère, il était incommensurable. En tant qu'homme qui vous a connu dès le berceau, je peux vous assurer que vous êtes l'équilibre parfait entre vos deux parents, bien plus encore que votre cher frère. Non pas que je lui confierais cela, ce qui restera entre nous.

Si vous voulez bien laisser un vieil homme vous offrir ses conseils ; je sais que vous faites tout ce qui est en votre pouvoir et utilisez tout ce que votre richesse peut vous permettre pour cacher votre maladie aux yeux de la société, et j'approuve chaleureusement votre jugement à ce propos, car cela ne regarde personne à part vous, mais quand vous trouverez une partenaire, quand vous tomberez amoureux, abandonnez-vous complètement à elle, comme l'a fait votre père avec votre mère. Il ne lui a jamais caché qui il était réellement, et vous ne devriez pas cacher votre maladie à la femme que vous prendrez pour épouse. Cette maladie fait partie de vous, et ce sera toujours le cas. Et si elle vous aime, et elle vous aimera de tout son cœur, comme votre mère aime votre père, vous vivrez alors un mariage long et heureux, et c'est ce que je vous souhaite le plus, de l'amour et du bonheur, et vous ne méritez rien de moins que d'être aimé.

Vous êtes l'homme le plus gentil, le plus généreux, le plus sensible qui soit, et c'était un privilège que de vous voir grandir et devenir un gentleman raffiné. Je vous en prie, ne pleurez pas pour moi, car j'en ai assez de ce corps vieux, fatigué et abîmé, et pour être honnête, et c'est quelque chose que je cache à [*censuré*], je compte les jours qui me séparent du moment où je pourrai quitter cette prison mortelle de chair qui se dégrade et serai libre de rejoindre votre père et d'être de nouveau auprès de lui, pour toujours.

Avec tout mon amour,
Martin

Miss Theodora Cavendish, Brycecomb Hall via Stroud, Gloucestershire, à Miss Lisa Crisp, aux bons soins de monsieur de Crespigny, Fournier Street, Spitalfields, Londres.

Brycecomb Hall via Stroud, Gloucestershire
Le 8 juillet 1784

Ma chère, <u>chère</u> Lisa,

C'est la deuxième lettre que j'envoie à votre adresse de Fournier Street, et je vous promets que ce ne sera pas la dernière, car je suis déterminée, oui, <u>déterminée</u> à vous retrouver, ma sœur de Blacklands.

Je n'arrive pas à croire que cette affreuse école est derrière moi pour toujours et que je suis de retour dans l'écrin de bonheur que sont les Cotswolds. Je n'ai jamais été plus heureuse d'être à la maison avec ma famille, de voir mes petits frères chéris devenir de grands garçons, de pouvoir prendre mère dans mes bras dès que j'en ai envie et de faire du cheval dans ma belle, si belle campagne avec mon cher père. Tout mon monde a retrouvé son équilibre, et je ne veux plus jamais, jamais partir d'ici. Mais je ne pourrai être totalement heureuse que quand je saurai que vous vous portez bien, quand vous répondrez à l'une de mes lettres. Le silence qui s'est installé entre nous m'est insupportable et si je n'étais pas avec ma famille dans les Cotswolds que j'aime tant et, comme je vous le disais dans ma lettre précédente, promise à mon Jack et en train de préparer notre mariage, je pense que je me serais mise au lit et que je n'en serais plus sortie jusqu'à ce que vous soyez venue me libérer de ma mélancolie.

Au moins, maintenant que je suis à la maison, je peux vous écrire autant et aussi souvent que je le souhaite, et mes deux parents comprennent mon besoin de vous envoyer ces lettres, comprennent qu'il est absolument nécessaire que je vous retrouve. Car je ne peux pas épouser Jack si vous n'êtes pas là, je <u>refuse</u>.

Je ne sais plus si je vous en avais parlé avant cette lettre, mais on m'avait interdit de vous écrire à l'école. Enfin, ce n'est pas tout à fait exact. Je vous ai écrit de nombreuses lettres, mais elles n'ont jamais été envoyées, car il a été estimé qu'il était dans mon intérêt que tout lien entre nous soit coupé. Mais je ne renoncerai jamais à vous, ma très chère et meilleure amie <u>du monde entier</u>.

Mon cœur se brise, Lisa. Je ne comprends toujours pas pourquoi vous m'avez quittée sans rien me dire de votre départ, sans que nous ayons pu nous dire au revoir. Notre séparation vous était-elle tellement insupportable que vous vous êtes dit qu'il valait mieux partir sans dire au revoir ? Comment avez-vous pu être si cruelle ? Je ne veux pas croire que vous soyez capable de faire preuve de cruauté envers n'importe quel être vivant, et encore moins envers moi, même si les autres essayent de me convaincre du contraire. Je ne les croirai pas ! Jamais. Je sais qu'ils essayent seulement de m'aider en me disant de vous oublier, mais dites-moi, en quoi cela m'aide-t-il ? Nous étions aussi proches que deux sœurs qui s'aiment peuvent l'être, nous partagions chaque journée et tous nos secrets, enfin, <u>mes</u> secrets, car vous n'en avez aucun et vous êtes trop bonne pour en avoir ; et un jour, vous avez soudainement disparu, comme si vous n'aviez jamais été là.

Je vous ai crue morte. Personne n'a rien voulu me dire. Personne ne parlait de vous. On m'a ordonné d'arrêter de poser sans arrêt des questions à votre sujet, car je contrariais les autres filles. Mais qu'en était-il de ce que moi je ressentais, du fait que votre disparition m'a grandement contrariée ? Est-ce que personne n'a envisagé l'effet que cela aurait sur moi ? Je suis toujours contrariée, et peu importe <u>combien d'années</u> passeront, je ne cesserai jamais de m'interroger, de m'inquiéter et de vouloir retrouver ma Lisa. Les autres filles de l'école étaient contrariées, elles aussi, que vous soyez partie sans rien dire, je n'étais pas la seule. Le menuisier et son fils George l'étaient aussi, ainsi que *Signore* Baldi et la petite Daisy, la fille de Mrs. Frank, des cours de couture. Mais aucun d'eux n'a pu me dire ce qui vous était arrivé, et elles m'ont toutes assuré que vous n'étiez certainement <u>pas</u> morte, car personne n'avait été emmené dans un cercueil et personne n'avait mentionné la mort de qui que ce soit.

Quand je dis « elles », je veux parler de mademoiselle Bromley, de mademoiselle Martin et de la grande dame de notre école bien-aimée, madame Girouard, ou comme nous l'appelions en privé, ce qui vous faisait rire, maîtresse Grandes Bajoues. Elles m'ont toutes assuré que vous n'étiez pas morte, mais elles m'ont dit qu'il valait mieux que je fasse comme si, car il n'était pas question que nous nous revoyions un jour. Et quand je me suis opposée à elles et leur ai dit que je comptais bien vous revoir en quittant Blacklands, que je ne vous oublierais jamais, madame Girouard s'est assise avec moi et m'a dit d'un air très sérieux que j'étais très spéciale, mais que vous ne l'étiez pas. Elle a dit, et je suis désolée pour cet affront, mais c'est ce qu'elle a dit, elle, et ce n'est pas <u>du tout</u> ce que je pense, que vous étiez tellement inférieure à moi socialement que c'était comme si je vivais dans les nuages et vous dans un fossé, car telle est la distance qui nous sépare et qui existera entre nous pour toujours et à jamais. Et qu'en raison de cet immense fossé infranchissable entre nous, nous étions destinées à emprunter des chemins de vie très différents et à vivre des existences opposées. C'est une grande flagorneuse parce qu'oncle Roxton est un duc et que mère est la fille d'un comte, et elle aurait adoré le mentionner, mais comme elle nous a toujours dit pendant l'assemblée matinale qu'il fallait aimer son prochain, traiter les gens pour ce qu'ils sont et faire preuve de charité chrétienne envers tous, elle ne le pouvait pas, n'est-ce pas, car elle ne se montrait pas charitable du tout. Bien au contraire. Quelle hypocrite.

J'ai fait comme si je ne l'avais pas du tout comprise et j'ai affiché la même tête que quand mademoiselle Martin me demandait si je savais ce qui était arrivé aux parts de gâteau restantes et que je secouais la tête et lui demandais ce qu'elle pouvait bien vouloir dire, alors que pendant tout ce temps, ce qui restait du gâteau était dans ma poche. Et qui aurait pu me reprocher de prendre ce qui de toute façon nous revenait légitimement ? Elle n'avait certainement pas besoin de ces restes. Pauvre Lisa, ce dessert volé vous semblait difficile à avaler, n'est-ce pas ? Mais nous le mangions tout de même jusqu'à la dernière miette, car ils ne nous donnaient jamais assez à manger pour le souper !

J'ai éprouvé une certaine satisfaction à voir madame Girouard se perdre dans ses explications alors qu'elle essayait de me faire comprendre que la différence entre nos statuts sociaux était dans l'ordre naturel des choses, que c'était la volonté de Dieu, jusqu'à ce que j'en aie assez de la voir se tortiller dans tous les sens en proférant des explications contradictoires et que j'éclate en sanglots, uniquement pour qu'elle s'arrête. Mais ma chère Lisa, mes larmes étaient bien réelles, et ma frustration aussi, car vous me manquez vraiment, vraiment, VRAIMENT beaucoup, à tel point que j'en ai mal au cœur.

Très chère Lisa, j'ai l'intention de m'obstiner à vous écrire jusqu'à avoir épuisé toute l'encre de la terre entière, jusqu'à ce que vous me répondiez pour me dire que vous allez bien et que je vous manque aussi.

Pour l'instant, je vais conclure cette lettre en embrassant la page et en vous assurant que je n'ai pas renoncé à vous ! Père va se rendre à Stroud pour un rendez-vous avec des confectionneurs, ou quelque chose de ce genre, et je veux qu'il emporte ma lettre avec lui et l'envoie avec le reste du courrier.

Je vous aime à la folie, ma Lisa chérie. Je reste à jamais votre meilleure amie du monde entier et votre sœur de Blacklands,

Teddy

Le Fils du satyr
Lettre 5

[*Entrée dans le journal de Lord Henri-Antoine Hesham.
Écrite en français.*]

Le 6 novembre 1784

Très cher père,

Aujourd'hui, j'ai perdu une autre partie de moi. Nous avons appris (et cela n'a surpris personne, car nous nous attendions à recevoir cette nouvelle d'un jour à l'autre) que Martin s'est éteint paisiblement, dans son sommeil, il y a deux jours. Il n'était pas dans son lit mais dehors, sur la terrasse, confortablement installé dans son fauteuil préféré et en train de savourer un café au lait. Jeremy a cru qu'il s'était assoupi tant il semblait paisible. Je suis heureux qu'il soit parti de cette façon et je prie pour qu'il vous ait déjà retrouvé, pour que vous ayez embrassé votre confident et ami et l'ayez accueilli au paradis, où il sera à vos côtés. Je ne vois rien à travers mes larmes et j'ai peur de faire couler l'encre, mais je m'en moque. Je me sens démuni. C'est comme si vous étiez mort une nouvelle fois, comme si je devais subir une nouvelle fois la douleur et le chagrin de cette perte. Je sais que j'aurai cette impression jusqu'à ce qu'il soit amené ici pour son enterrement. Sa présence à proximité, avec vous, avec nous, m'apportera au moins un peu de réconfort.

Je dois me rendre à Londres à la fin du mois, après les funérailles de Martin, pour y rencontrer les hommes de médecine que Bailey me recommande de nommer au conseil d'administration. Je pense que vous serez satisfait de son choix pour notre fondation ; elle reçoit déjà bien plus de demandes de financement que ce que nous pouvons possiblement satisfaire. Tel est le triste état des soins médicaux dans ce pays.

Aujourd'hui, j'ai accompagné Julian à Alston, et Freddy est venu avec nous. Nous nous sommes arrêtés à l'auberge Swan. Les habitants de la région apprécient de voir leur duc et son héritier de sortie. Vous seriez fier de votre petit-fils, qui est en train de devenir un jeune homme raffiné et conscient de ce qui l'attend. Il est presque aussi sérieux que son père, bien que personne ne puisse être aussi sérieux que lui, hein ? Mais je prédis que Freddy marchera sur les traces de son père et fera un duc exemplaire, ce qui devrait vous plaire. Quant à moi, quand je suis sur pied et que j'en suis capable, je dédie mon temps à la frivolité, je participe donc également à entretenir votre héritage ! Ha ! Était-ce un haussement de sourcils de désapprobation ? Je dois me tromper ! Je vous embrasse et vous laisse, mon état de santé ne s'étant ni empiré, ni amélioré depuis hier.

Des baisers.

Miss Theodora Cavendish, Brycecomb Hall via Stroud, Gloucestershire, à Miss Lisa Crisp, aux bons soins de monsieur de Crespigny, Fournier Street, Spitalfields, Londres.

Brycecomb Hall via Stroud, Gloucestershire
Le 28 octobre 1785

Très chère Lisa,

Hier, l'idée la plus merveilleuse qui soit a germé dans ma tête ! Je suis tout excitée et je me trouve très maligne d'avoir eu une telle idée. Je l'ai confiée à mère, et elle pense que cela pourrait fonctionner ! Elle m'a encouragée à écrire une lettre pour vérifier si c'était possible. Je l'ai serrée si fort dans mes bras que j'ai bien failli nous couper la respiration à toutes les deux. Je suis heureuse d'avoir un plan, mais il y a autre chose qui me rend heureuse aussi, et je dois vous faire part de cette nouvelle familiale avant de poursuivre en vous parlant de mon plan.

Hier soir lors du dîner, mère et père ont fait l'annonce la plus merveilleuse qui soit ! Nous allons accueillir un petit nouveau dans la famille à la nouvelle année ! Il ne s'agit pas d'une personne, bêtasse, mais d'un bébé. Un petit frère rejoindra notre famille, ou une petite sœur, et si je pouvais garder les doigts croisés pendant tout ce temps pour assurer cette issue, je le ferais, bien que mère m'ait aussi suggéré de prier pour cela. Eh oui ! Mère est enceinte et doit accoucher en début d'année prochaine. Elle et père ont été aussi surpris de l'apprendre que grand-mère Kate et moi. Mes frères sont bien sûr impatients, eux aussi, mais ils ne comprennent pas que le bébé n'arrivera pas avant le mois de février, ce qui pour eux revient à une centaine d'années. Je suis sûre que chaque jour d'ici là, quand ils descendront pour le petit déjeuner, ils demanderont si le bébé est arrivé. Et quand ma petite sœur viendra enfin au monde, ils fuiront aussi vite qu'ils le pourront face à ses pleurs et son agitation.

Mais ce n'est pas parce qu'un autre bébé va venir rejoindre la famille, et une fille si les vœux peuvent devenir réalité, que j'oublierai jamais ma sœur de Blacklands. Et c'est la raison pour laquelle j'ai élaboré un plan fabuleux pour vous retrouver.

Vous souvenez-vous, à l'école, du jour où je vous ai parlé de ces parents puissants qui m'aiment ? Je suis sûre que vous n'avez pas oublié. C'est à ces parents que je vais faire appel pour vous retrouver, car quel intérêt y a-t-il à avoir des parents puissants s'ils ne peuvent pas m'aider ? Et mère m'assure qu'ils m'aideront et ne refuseront pas d'exaucer mon souhait.

S'il y a bien une personne qui peut exaucer les vœux, c'est la cousine de mère, madame la duchesse de Kinross, que j'aime considérer comme ma fée marraine. Son fils aîné est le duc de Roxton et sa femme, la duchesse, est ma tante. Madame la duchesse de Kinross vous retrouvera. Je le sais. Elle fera tout ce qui est nécessaire pour participer à mon bonheur, et elle fera appel à son fils, mon oncle Roxton, pour qu'ils utilisent les méthodes dont ils disposent à eux deux pour vous localiser.

Vous retrouver ne peut pas être si difficile que cela, puisque j'ai votre dernière adresse connue en ma possession. Mère est convaincue, comme moi, que la duchesse fera tout ce qui est en son pouvoir pour vous trouver, surtout que je lui ai dit que je veux que vous, et <u>vous seule</u>, soyez ma demoiselle d'honneur. Comment pourrais-je épouser Jack si vous n'êtes pas là avec moi ?

Je fais tellement confiance à la duchesse pour vous trouver que je me sens déjà moins mélancolique et bien plus optimiste. Mère dit que j'ai retrouvé le sourire. Car bien que la perspective d'avoir une petite sœur m'ait aidé à me sentir bien mieux, je ne redeviendrai moi-même que quand nous serons toutes les deux réunies.

Je vais m'arrêter d'écrire ici, mon amie chérie, car je dois me concentrer sur la rédaction de ma lettre à madame la duchesse de Kinross. Contrairement aux lettres que je vous écris, que je peux garder pour moi, je ferai lire ma lettre pour Sa Grâce à mère, car je veux qu'elle soit parfaite et que j'ai besoin de son aide.

Je compte transmettre également à madame la duchesse votre invitation à mon mariage, qui pourra vous être remise avec cette lettre quand elle vous trouvera, et elle vous trouvera assurément !

Votre très chère, très spéciale et éternelle amie et sœur de Blacklands,

Teddy

Deborah, duchesse de Roxton, à Sir John Cavendish.

*[Non datée, mais remise la veille du mariage du neveu de
Sa Grâce à Miss Theodora Cavendish en juillet 1786.]*

Cher Jack,

Je voulais vous écrire cette lettre pour vous transmettre mes
pensées en cette veille de votre mariage, afin que vous les gardiez
toujours avec vous. Sachez que même si vous ouvrez ce prochain
chapitre de votre vie d'homme marié, avec toutes les responsabilités et joies que cela implique et, dans un avenir assez proche,
celles qui accompagnent le fait d'être père de votre propre
famille, vous ne perdrez jamais l'amour et l'inquiétude de votre
mère. Car au fond, c'est ce que je suis pour vous depuis que vos
chers parents vous ont été arrachés à un si jeune âge.

Je me suis toujours efforcée de faire de mon mieux pour vous et
de vous offrir l'amour et la protection d'une mère, quand bien
même je n'étais encore qu'une adolescente qui n'avait aucune
idée de ce que cela signifiait d'en être une. Mais vous savez,
depuis que j'ai donné naissance à mon premier fils et avec
chaque naissance qui a suivi, je n'ai jamais cessé d'apprendre ce

que cela implique d'être parent. Je vous ai toujours considéré comme l'un de mes propres enfants, je vous ai toujours inclus dans ce nombre.

Car de bien des manières, vous êtes mon premier-né, même si ce n'est pas moi qui vous ai donné naissance. Je vous ai aimé, protégé, je vous ai offert un refuge et des conseils, je me suis inquiétée pour vous, et vous ne nous avez jamais déçus, moi ou n'importe quel autre membre de la famille. Je suis si fière de vous, du garçon que vous étiez et de l'homme que vous êtes devenu.

Vous êtes doué d'une grande capacité à compatir et à aimer. Et étant moi-même musicienne, je sais déceler ces sentiments dans vos compositions. Il n'est pas étonnant que vos morceaux émeuvent votre public aux larmes. Ces sentiments ne se révèlent pas seulement dans votre musique, mais aussi dans votre façon de traiter les autres.

Harry n'aurait pas pu rêver meilleur ami que vous, et vous êtes aussi proches que des frères pourraient l'être. Je sais que ses parents et son frère sont excessivement reconnaissants que vous soyez arrivé dans la vie d'Harry à ce moment-là, car il est d'une nature tellement égocentrique et mélancolique qu'ils avaient peur, j'en suis sûre, qu'il ne se fasse jamais d'amis. Mais quand on sait de quelle maladie il souffre, il semble compréhensible qu'il soit ainsi, non ? Quoi qu'il en soit, vous avez toujours été un ami loyal et un réel soutien pour lui, et je vous admire énormément pour cela.

Puisque nous parlons d'égocentrisme, je dois vous demander pardon pour ma propre inattention. Je peux la justifier par le fait que j'ai porté et donné naissance à huit enfants en dix ans, et me cacher derrière les obligations qui m'incombent en tant qu'épouse et duchesse de votre oncle Roxton. Mais cela ne m'empêche pas de me rendre compte qu'après mon mariage, j'ai laissé filer mes responsabilités de mère en ce qui vous concerne, et je vous ai laissé partir à la dérive en compagnie d'Harry ; vous deux n'avez reçu qu'une supervision intermittente, en particulier pendant la période de transition entre la mort de monsieur le duc et le moment où votre oncle Roxton a repris son rôle.

J'espère que vous savez que j'ai toujours été là pour vous et que je le serai toujours.

Vous m'avez parfois demandé conseil, et j'espère avoir pu vous être utile. J'espère aussi que vous continuerez à venir me trouver quand vous aurez besoin de l'avis de quelqu'un d'extérieur à votre foyer, mais qui vous donnera toujours son opinion honnête, avec amour et soutien. Vous êtes un homme indépendant, et c'est quelque chose que je respecte. Mais même les hommes ont des parents qui s'inquiètent pour eux, en particulier leur mère, qui les verront toujours comme leur petit garçon. Alors veuillez me pardonner si pour cette occasion, je souhaite prendre mon aîné dans mes bras et l'embrasser. Je pense que j'aurai <u>toujours</u> envie de cela, alors je vous en prie, soyez patient avec votre tante Deb. J'espère que vous aussi, vous prendrez vos enfants dans vos bras et les embrasserez, même quand ils seront adultes depuis longtemps.

Je suis si fière de vous, Jack. Et c'est sans réserve aucune que je peux vous dire que vos parents, en particulier votre père, qui était le meilleur frère dont une sœur pouvait rêver, vous aimaient au-delà de ce que peuvent exprimer les mots, comme moi. Je retrouve beaucoup de votre père en vous, et je ne parle pas seulement de son talent pour la musique. Il était lui aussi capable de beaucoup de compassion et d'amour. J'ai toujours considéré que c'était un immense privilège que de pouvoir veiller sur vous, vous aimer, vous voir devenir un homme indépendant et un gentleman que mon cher frère Otto, votre père, aurait été fier d'avoir pour fils.

Je sais que vous ferez un époux merveilleux pour Teddy, que vous serez un père aimant et que vous vivrez tous les deux une vie heureuse et épanouissante. Si je peux vous donner un conseil à propos du mariage : à la fin de la journée, quand les bougies s'éteignent et que vous vous retrouvez tous les deux, il faut que ce soit comme s'il n'y avait que vous deux sur la terre entière. Soyez pleins de gentillesse et d'amour l'un envers l'autre ; rien d'autre n'a vraiment d'importance.

Avec tout l'amour d'une mère,
Tante Deb

Le Fils du satyr
LETTRE 8

Sa Grâce le très noble [5ᵉ] duc de Roxton à Lord Henri-Antoine Hesham.

[*Il devait ouvrir cette lettre après avoir décidé de se marier. Supposément écrite en décembre 1772, cachet brisé en juillet 1786.*]

Mon très cher fils,

Ainsi, vous avez trouvé l'amour de votre vie et vous comptez vous marier. Félicitations. Je suis excessivement heureux pour vous.

Je suis certain que la fille qui a capturé votre cœur est une personne tout à fait spéciale. Vous ne vous seriez pas contenté de moins, et c'est bien normal.

Et si je vous parlais d'elle ? Elle est unique. Belle. Accomplie. Intelligente. Voilà les mots qui me viennent à l'esprit quand je pense à elle. Elle est votre égale intellectuellement. Elle vous fait sourire, même quand vous avez l'impression que vous n'avez aucune raison de le faire. Vous riez ensemble. Vous vous sentez légèrement ivre en sa présence, et plus qu'un peu émerveillé face à elle, face à ce que vous ressentez, face à cette nouvelle situation dans laquelle vous vous retrouvez, car pendant très longtemps, il vous a semblé tout bonnement impossible de trouver un jour quelqu'un comme elle. Par-dessus tout, vous pouvez être vous-même avec elle, et il y a peu de gens dans ce monde à qui nous pouvons faire assez confiance pour leur montrer notre vraie nature. Mais vous lui faites confiance, vous pouvez donc être totalement à votre aise. Entre vous, il n'y a pas d'artifices, pas de faux-semblants, nul besoin d'impressionner ou d'être impressionné. Vous deux, vous pourriez très bien rester assis sur une méridienne toute une journée sans prononcer un seul mot ; et c'est ce qui importe, non ? Les mots ne sont parfois pas nécessaires pour exprimer les sentiments. Être avec elle, être en compagnie l'un de l'autre, c'est suffisant. Vous vous demandez si un jour vous allez vous réveiller et vous rendre compte que tout n'était qu'un rêve ; ce sentiment, cette fille, l'avenir que vous voulez désespérément partager avec elle, et avec personne d'autre. Mais vous n'êtes pas en train de rêver, mon fils, et vous passerez le restant de vos jours à vivre ce rêve – avec elle.

Comment puis-je le savoir, me demandez-vous ? Je le sais car c'est précisément ce que je ressens à propos de votre mère, et c'est ce que je ressens pour elle depuis le jour de notre rencontre, ou presque. Je devrais vous parler de ce jour-là, mais d'abord, votre père aimerait vous faire part de quelques sages conseils à propos du mariage. Et cette fois encore, tout commence avec votre très chère mère.

Vous avez une mère érudite et aimante, pour qui les sentiments sont primordiaux. Vos parents sont restés dévoués l'un à l'autre pendant l'intégralité de leur mariage. Et vous avez un frère qui, malgré son mariage arrangé, est très amoureux de sa femme, et c'est réciproque. Je suis certain que ces exemples de bonheur conjugal vous ont apporté la preuve dont vous aviez besoin qu'il est possible de tomber amoureux, de le rester et de vivre une vie épanouissante et pleine d'amour, tant qu'on a la bonne partenaire à ses côtés.

Car voilà ce qu'est le mariage, mon cher garçon : un partenariat, un engagement à vie autour de l'amour et du respect mutuel. Et j'ose espérer qu'il se prolonge également dans l'au-delà, dans la vie éternelle ; ainsi, je pourrai de nouveau être avec votre mère quand son heure sera venue, elle pourra me rejoindre.

Mais un mariage n'est heureux que si les deux parties sont investies de tout cœur dans cette union, émotionnellement et spirituellement, et sur un pied d'égalité. Ce partenariat ne peut pas fonctionner autrement. Sans cet engagement absolu, votre vie deviendrait intolérable. Vous deviendriez un fardeau l'un pour l'autre, vous vous sentiriez tous les deux pris au piège. Vous essayeriez tous les deux de vous échapper. Et c'est bien normal. Par ailleurs, les époux en ont la possibilité. J'ai été témoin de cela maintes et maintes fois chez mes congénères. Ils abandonnent leur épouse, prennent une maîtresse, parfois ils vivent même avec elle, et ils font tout ce qui est nécessaire pour rester hors de la cage qu'est devenue leur union. Je ne les juge pas. Je ne peux pas les juger. Pendant très longtemps, avant ma rencontre avec votre mère, j'ai mené ce genre d'existence précaire et vide, et je n'envisageais pas vraiment autre chose. Mais à mon grand âge, après de nombreuses années de réflexion, je peux vous assurer que même si j'ai apprécié ces années de liberté, rien ne peut égaler une vie passée avec son âme sœur. Rien n'égale la vie que votre mère et moi avons partagée, la vie que nous avons partagée avec vous et votre frère, en famille.

Mais votre père n'a pas l'intention de vous faire la leçon sur le mariage ou l'amour, il veut seulement vous faire part de quelques réflexions personnelles. Vous avez déjà pris votre décision, sinon vous n'auriez pas ouvert cette lettre…

En tout cas, j'espère que c'est le cas, que vous n'êtes pas en train de lire cette lettre après coup, comme pour ponctuer la fin de votre vie, que vous auriez passée en tant que vieux roué triste et cynique qui n'aurait jamais trouvé l'amour ou, plus tragique encore, qui aurait laissé l'amour de sa vie lui glisser entre les doigts à cause de sa fierté ou de sa vanité, ou une autre raison de ce genre à laquelle vous vous seriez autorisé à croire pour justifier votre regret. Ce que j'espère, c'est que vous avez trouvé l'amour de votre vie des années avant moi, afin que vous profitiez de bien plus d'années ensemble que celles que j'ai pu vivre en compagnie de votre très chère mère.

Laissez-moi vous révéler un secret, qui n'en est en fait pas un du tout. J'étais sur le point de tomber dans le gouffre de la vie que je viens de vous décrire, de vivre pour toujours comme un vieux roué triste et cynique, quand votre mère est arrivée dans ma vie – comme un véritable tourbillon, je devrais le préciser. À l'époque, je n'étais pas triste, et je ne me pensais pas vieux. En revanche, j'étais assurément très cynique. Et je n'avais aucune envie de changer ma façon de vivre. J'étais un grand libertin, qui avait couché avec toutes les femmes qui me plaisaient et qui en avaient envie ; on m'avait surnommé le « noble satyre » pour une bonne raison. Puisque vous êtes maintenant un homme, et non plus un petit garçon, et que vous avez possiblement profité de votre lot d'escapades nocturnes, je peux vous avouer que si j'appréciais ces rendez-vous – et d'ailleurs, certaines de mes maîtresses sont restées mes amies pendant toute ma vie –, ils ne me procuraient qu'une satisfaction physique. Les liens émotionnels n'étaient que fugaces et pas assez profonds pour avoir une influence sur mes sentiments. C'est seulement quand j'ai rencontré votre mère que j'ai compris qu'aucune de mes maîtresses n'avait réellement touché mon cœur.

Vous souvenez-vous que je vous ai parlé, dans une lettre précédente, du placard dans lequel j'avais rangé le bocal contenant mon cœur étant enfant et du fait que votre mère avait réussi à retrouver ce bocal ? Si vous le voulez bien, je vais vous raconter comment votre mère a libéré mon cœur de sa captivité, mais seulement pour le capturer à son tour. Tout ceci va quelque part, je vous l'assure.

Je n'oublierai jamais la première fois que j'ai vu votre mère. Je m'en souviens comme si c'était hier, alors que c'est arrivé il y a presque trente ans. Je me promenais dans les jardins du château de Versailles avec un groupe d'amis. Je me souviens des personnes qui m'accompagnaient : ma maîtresse de l'époque, nos amis et quelques nobles français. Mais je ne me souviens pas de quoi nous parlions. Je sais que c'était une journée couverte et qu'il pleuvait un peu, que nous envisagions donc de retourner à l'intérieur. Puis, comme si les nuages s'étaient écartés et que le soleil était apparu, votre mère est arrivée et a marché droit vers moi. Je me suis arrêté. Je l'ai fixée du regard. J'ai oublié la phrase que j'allais prononcer. Le temps a semblé ralentir. J'ai été si distrait que le ciel aurait pu s'ouvrir en deux et déverser toute sa pluie sur moi tant je me moquais de ce qui m'entourait et le remarquais à peine. Je n'avais jamais posé les yeux sur une créature plus belle que votre mère, et croyez-moi, cela en dit long, car j'étais toujours entouré de belles femmes. Mais avec elle, il y avait quelque chose en plus, quelque chose que je ne comprenais pas à l'époque, mais qui allait au-delà de la simple beauté physique. Elle était et demeure encore la plus belle femme que j'aie jamais eu le plaisir d'admirer, mais sa beauté ne s'arrêtait pas là. Voyez-vous, elle rayonnait de chaleur, et de toute la bonté du monde. En vérité, elle rayonnait d'amour, et cela a toujours été le cas.

Bien sûr, j'ai été tellement dérouté que je n'ai pas compris ce qui m'arrivait. Et pendant très longtemps, j'ai refusé de croire que moi, le noble satyre, j'avais été touché dans ma trente-septième année par la flèche de Cupidon. Je refusais d'envisager que j'avais pu tomber amoureux d'une jeune fille, car elle n'était pas vraiment plus que cela. Elle n'avait que vingt ans (et elle m'avait d'ailleurs menti à propos de son âge, car en réalité, elle avait à peine dix-huit ans) et je la pensais trop jeune pour moi. J'ai tenu tête à ce que me disait mon cœur, et plus important encore, à ce que votre mère savait être une évidence. Notre amour était le fruit du destin. Nous étions faits l'un pour l'autre. C'était tout ce qui comptait. L'avis des autres n'avait aucune importance. Toute objection à notre amour était inutile, y compris ma grande réticence liée au fait que je me pensais trop vieux pour l'épouser.

J'ai fait tout mon possible pour ignorer ce que me disait mon cœur, enchaînant les excuses pour ne pas donner suite à mes sentiments et épouser votre mère. Bien sûr, en fin de compte, c'est elle qui a gagné, et je remercie chaque jour le Seigneur d'avoir succombé !

Ce que je veux vous dire, mon cher fils, c'est qu'aucun obstacle n'est insurmontable, aucune excuse valable, et vous ne devriez jamais douter de vous-même en ce qui concerne votre cœur. Écoutez ce que vous dit cet organe des plus déterminés. Réjouissez-vous de ressentir de tels sentiments, et soyez certain que tout ce qui compte réellement, c'est que vous soyez tombé amoureux, et que vous soyez prêt à épouser l'amour de votre vie. Il devait en être ainsi.

Je vous donne une preuve supplémentaire qu'il s'agit du destin en glissant une alliance dans cette lettre. Elle appartenait à ma mère, qui a épousé mon père quand elle avait seize ans ; il avait vingt ans de plus qu'elle. Vous ne manquerez certainement pas de remarquer l'ironie de l'histoire qui se répète. Ils se sont mariés contre la volonté de leurs deux familles. Elle était catholique, lui était protestant. Et c'est au prix de grands sacrifices qu'elle l'a épousé, car elle a été reniée par sa famille et son Église. Mais malgré tout, ils se sont mariés et sont restés amoureux jusqu'au jour où il a cruellement été arraché à sa famille en se brisant la nuque lors d'une chute de cheval. Je vous en ai aussi parlé dans une lettre précédente, vous vous en souvenez peut-être, je ne reviendrai donc pas sur cet épisode douloureux. Ma mère ne s'est jamais remariée et elle est restée fidèle à la mémoire de mon père pendant les quinze années qui ont suivi, jusqu'à ce qu'elle soit enfin réunie avec lui en mourant elle-même d'une pneumonie.

Je suis donc très heureux de vous léguer l'alliance qui a autrefois appartenu à ma mère, votre grand-mère, Madeleine-Julie Salvan Hesham, marquise d'Alston. Elle représente l'amour et l'engagement entre mes parents, envers et contre tout. Je vous la transmets maintenant afin que vous l'offriez à votre épouse en tant que symbole de votre amour et de votre engagement envers elle, et inversement. Je sais qu'elle la portera fièrement et la chérira autant que la chérissait ma mère.

Je vais vous confier un dernier secret, quelque chose dont vous êtes peut-être déjà au courant et qui n'a donc rien de secret, car après avoir lu cette lettre, comment le secret pourrait-il encore subsister ? Votre mère l'a toujours su, tout comme votre frère, qui est aussi un fervent croyant, bien qu'il pense avoir hérité cela de sa mère. Je suis d'avis qu'il en a reçu une dose de chacun de nous deux. Ce secret, c'est que je suis tout aussi sentimental et sensible et que je crois tout autant au destin que votre très chère mère. J'espère, non, je suis certain que c'est aussi votre cas.

Épousez-la, Henri-Antoine. Accompagné de l'amour de votre vie, vous pourrez accomplir tout ce que vous désirez. Vous aurez une vie extraordinaire, emplie de bonheur, d'émerveillement et de satisfaction. Mais plus important encore, votre vie sera remplie d'amour.

Venez me la présenter. Je suis impatient de la rencontrer.

Je vous aime de tout mon cœur, mon très cher fils, et je vous souhaite une vie entière de joie.

Votre père qui vous aime énormément,
R

Le Fils du satyr
Lettre 9

Sir John Cavendish à Miss Theodora Cavendish.

[*Une écriture féminine sur le recto dit : On m'a remis cette
lettre au Gatehouse Lodge, aux premières lueurs du jour le
lendemain de l'incident survenu sur le terrain de cricket.*]

Juillet 1786

Très chère Theodora,

J'aimerais vous présenter des excuses pour le comportement
affligeant que j'ai affiché hier. Que devez-vous penser de celui
qui sera bientôt votre époux après l'avoir vu se battre avec son
meilleur ami, et ce devant tout le monde ? Je sais ce qu'oncle
Roxton et tante Deb en pensent. Ils me prennent pour un triste
et pitoyable type à qui on doit tirer l'oreille et qu'on doit faire
asseoir dans un coin pour lui passer un bon savon. Et c'est exactement ce qu'ils ont fait. Je méritais tout ce qu'oncle Roxton m'a
lancé à la figure, et bien que la déception que tante Deb a
exprimée envers moi m'ait rendu très triste, ce qui est bien
normal, je n'avais aucun moyen de me justifier face à elle. Elle a
essayé de retenir ses larmes, mais elle n'y est pas entièrement

parvenue, ce que j'ai vu et qui m'a rendu encore plus malheureux.

Tante Deb a tout d'une mère pour moi. Je ne me souviens pas du tout de ma propre mère, seulement de tante Deb qui me bordait dans mon lit, me lisait des histoires et apaisait mes craintes, m'assurant qu'aucun monstre n'attendait de jaillir de mon armoire dès que la bougie serait éteinte. C'est elle qui a encouragé en premier mon amour de la musique et qui a su déceler mon potentiel ; elle a été la première à me montrer comment faire glisser mon archet contre les cordes de mon petit violon. Et vous savez, Theodora, quand j'y pense, je trouve cela merveilleux qu'à l'âge tendre d'à peine dix-sept ans, elle m'ait pris sous son aile et m'ait traité comme son propre petit. J'aurais pu être envoyé auprès d'un autre parent éloigné ou dans un pensionnat, mais non ! Elle a refusé tout cela, elle était déter-minée à ce que j'aie une figure maternelle et un foyer. Puis elle a épousé oncle Roxton quand j'avais neuf ans, et pour la première fois de ma vie, j'ai eu l'impression d'avoir deux parents.

Après vous, tante Deb est la personne que j'aime le plus au monde, et je lui dois tout ce que je suis. Et si c'est aux côtés d'Harry que j'ai passé une grande partie de mon enfance, c'est vers tante Deb que je me tournais si je me sentais quelconque ou si je voulais une étreinte maternelle ou qu'on me rassure, qu'on me dise que tout allait bien.

Et comment l'ai-je remerciée pour sa bienveillance maternelle, comment ai-je remercié Roxton d'avoir pris soin de moi, de m'avoir accordé son attention ? En frappant Harry et en le mettant à terre, en me déshonorant ! Voilà comment. Plus que jamais, j'ai eu l'impression d'être un immense imbécile, un crétin ingrat. J'ai déçu tout le monde : elle, oncle Roxton, ma famille, vous, ma chérie, et Harry. Que le Seigneur me pardonne ! Comment ai-je pu aller jusqu'à donner un coup de poing tellement violent à mon ami qu'une de ses crises d'épilepsie s'est déclenchée ? Plus que tout, je me déteste d'avoir agi de cette façon devant vous, alors que nous sommes presque à la veille de notre mariage. Moi qui pensais que tout se déroulait sans accroc.

Je suis assis au bureau d'oncle Roxton – on m'a pratiquement attaché à la chaise – pour écrire plusieurs lettres d'excuses aux personnes qui importent, je réfléchis donc à tout cela, et j'ai fait une découverte surprenante. Vous savez, je crois que je vous ai aimée dès notre première rencontre, quand vous aviez dix ans. Pas de cette façon, bêtasse. Pas à l'époque. Je vous ai d'abord aimée en tant que cousine, puis en tant qu'amie. Je me souviens que je me disais que je n'avais jamais rencontré de fille, de <u>personne</u> même, plus courageuse que vous, à l'exception d'Harry, qui doit vivre chaque jour avec sa maladie, ce qui est courageux en soi, ne trouvez-vous pas ? Avant vous, je n'avais jamais vu une fille grimper aux arbres, galoper dans toute la campagne, intrépide et en totale harmonie avec la nature et l'animal, et voleter dans tous les sens avec un sourire rayonnant et un tel amour pour la vie. Vous vous êtes immédiatement prise d'affection pour Nero, et lui pour vous, et vous l'avez immédiatement couvert de câlins et de louanges. De la même manière, vous vous êtes prise d'affection pour moi et pour les morceaux que je jouais au violon. Vous n'avez jamais fait la moindre remarque négative à propos de mon souhait de composer de la musique, ce à quoi vous vous êtes toujours intéressée, et vous m'avez toujours écouté en parler pendant des heures et jouer encore et encore, comme si j'étais la personne la plus accomplie de tout le royaume.

Vous étiez tellement différente des autres filles qu'au début, je ne vous ai même pas considérée comme tel. Ne riez pas ! Vous voyez très bien ce que je veux dire ! Et pendant très longtemps, je vous ai vue comme une amie, mais je me demandais déjà si nous finirions par nous mettre ensemble, nous marier et finir notre vie en tant que couple heureux. Puis vous m'avez embrassé, ce jour-là, sous le chêne. Ce fut un véritable éveil pour un type comme moi, qui n'avait jamais embrassé de fille ; et pourtant, vous m'avez embrassé. C'est terrible, mais c'est ce qui m'a permis de me rendre compte que vous étiez bel et bien une fille ! Puis quand vous m'avez dit que vous alliez m'épouser, au lieu d'en rire (comme l'a fait Harry quand je lui en ai parlé), je me suis senti secrètement heureux que vous pensiez la même chose que moi. À partir de ce jour-là, je n'ai plus jamais envisagé de passer le restant de mes jours avec qui que ce soit d'autre.

Vous savez que je vous aime à l'infini, Theodora, n'est-ce pas ? Je vous aime. Je vous aime. Je vous aime. JE VOUS AIME.

Si vous ne m'aviez pas embrassé ce jour-là, je continue de penser que j'aurais fini par ouvrir les yeux rapidement, car je n'ai jamais rencontré et ne rencontrerai jamais de fille plus belle, plus délicieuse et plus accomplie que vous, et je vous aime plus encore aujourd'hui que ce jour-là sous le chêne, et encore plus que quand je vous ai demandé de m'épouser.

Je sais que notre mariage est ce que tout le monde veut, qu'on nous dit qu'il s'agit de la parfaite union entre deux branches de notre famille. Tout le monde le voit d'un bon œil, n'est-ce pas ? Mais même si ce n'était pas le cas, même si nous n'étions pas cousins, je voudrais quand même vous épouser, vous et vous seule.

Et je ne dis pas cela uniquement pour revenir dans vos bonnes grâces après ce qu'il s'est passé hier ! Alors ne pensez pas cela, Theodora. Ces mots viennent du plus profond de mon cœur. Je voulais les garder pour la première nuit que nous passerons en tant que mari et femme, mais je préfère vous les dire maintenant, à l'écrit. Ainsi, quand nous nous retrouverons devant le pasteur, vous saurez que ce n'est pas pour unir nos familles, mais parce que vous êtes la seule pour moi, la seule avec laquelle je veux avoir des enfants et passer le reste de ma vie.

Je sais que je suis du genre distrait, que j'ai souvent la tête dans les nuages avec mon violon et la musique que je crée, mais n'oubliez jamais que bien que la musique représente une partie importante de ma vie, c'est vous et vous seule qui lui donnez la moindre valeur. C'est pour vous que j'écris de la musique. C'est pour vous que je vais devenir membre du Parlement. Je m'efforcerai d'être le meilleur époux et le meilleur père pour nos enfants, et c'est parce que je vous aime. En vérité, je ferais n'importe quoi pour vous rendre heureuse.

Pourrez-vous me pardonner mon comportement aberrant d'hier ? Je ne dormirai pas cette nuit, car je suis trop inquiet à l'idée que vous ayez une moins bonne opinion qu'hier de l'homme que vous aimez. Je m'en voudrais terriblement si vous pensiez que je ne suis qu'une brute, un bagarreur, un égoïste.

Je ne peux pas vous expliquer précisément ce qu'il s'est passé sur ce terrain de cricket, je peux seulement vous dire qu'Harry a dit à son meilleur ami quelque chose qui était indigne d'un gentleman, quelque chose qui a fait bouillir mon sang. Il était en colère car lui et Miss Crisp étaient en pleine dispute houleuse, mais peu importe, il n'aurait jamais dû dire ce qu'il a dit. Je m'en suis donc pris à lui, à tort, mais je n'ai pas pu m'en empêcher. Une fois encore, je sais que je n'ai aucune excuse, mais c'est trop tard à présent, et tout ce que je peux faire, c'est aller de l'avant et demander pardon à tout le monde.

Je brûle d'impatience de vous épouser, ma Theodora, alors pitié, pitié, _pitié_, pardonnez sa stupidité à votre Sir John et dites-moi que vous m'aimez toujours autant que je vous aime et que vous deviendrez ma Lady Cavendish après-demain.

Je conclus cette lettre sur un baiser et une montagne d'inquiétude, que vous seule pouvez faire disparaître.

Votre cher et tendre,
Sir John

Le Fils du satyr
LETTRE 10

*[Extrait du journal d'Antonia, duchesse de Kinross.
Entrée partielle de ce jour-ci. Écrite en français.]*

Le 6 juillet 1786

Renard,

Aujourd'hui, Henri-Antoine s'est fiancé. Saviez-vous, comme moi, que ce jour finirait par arriver ? Vous approuveriez son choix d'épouse. Lisa est charmante et naturellement, elle est très belle. Il ne pouvait pas en être autrement, n'est-ce pas, pour attirer l'attention d'Henri-Antoine ? Ah ! Mais pour la retenir, continuer à l'intéresser et faire en sorte qu'il ne veuille qu'elle, il fallait vraiment qu'elle soit très spéciale. Et elle l'est. Elle est intelligente, modeste, honnête et franche. Elle parle très bien français. Elle me rappelle un cygne, glissant sans s'en rendre compte sur la vie avec une assurance et une grâce innées. Par ailleurs, elle est dénuée de tout artifice. Ceci et sa modestie sont les qualités qui impressionnent le plus Julian. Et il fallait s'y attendre, non ? Deb est douée, elle aussi, de ces deux qualités. Et en tant qu'aristocrate d'un tel statut, Henri-Antoine a besoin d'une épouse qui n'use jamais de flatteries avec lui. Mais surtout, Lisa possède une beauté intérieure, une beauté qui irradie du plus profond d'elle-même. C'est une rare qualité pour une belle femme, non ? C'est quelque chose que vous disiez toujours à mon propos. Et comme vous, notre fils ne serait pas tombé amoureux d'elle sans cette beauté intérieure. Elle possède aussi une vraie force de caractère et une raison d'être, elle est pleine d'optimisme et d'amour, et vous ai-je dit à quel point elle est maligne ? Oui, bien sûr. Je suis tellement heureuse que je me répète !

Lisa n'a pas eu un début de vie facile et en tant qu'orpheline sans le sou, elle a bravé tous les obstacles qui se dressaient devant elle. Je l'admire, ne serait-ce que pour cela. C'est avec assurance que je peux vous dire qu'elle est absolument digne de son élévation en tant qu'épouse du fils d'un duc, et pas n'importe quel duc. Elle est digne d'être <u>votre</u> belle-fille, elle est digne de <u>notre</u> fils.

Elle aime Henri-Antoine d'un amour inconditionnel, et elle le soutient et le protège avec plus de fougue que n'importe qui. Je respire maintenant bien plus aisément en sachant qu'il a trouvé sa partenaire parfaite. Pour cette seule raison, j'aimerai et chérirai toujours Lisa. Naturellement, Henri-Antoine est follement épris d'elle, comme il se doit, et c'est un autre point sur lequel il vous ressemble. Je suis certaine que quand ils ne sont que tous les deux, il peut lui montrer qui il est vraiment, à tous les égards… Même quand sa maladie s'empare de lui et qu'il perd le contrôle, il lui fait assez confiance pour qu'elle reste près de lui, et vous savez qu'il n'a fait confiance à personne depuis si longtemps que je désespérais que cela arrive un jour. Et maintenant, Lisa fait partie de sa vie, et je suis si heureuse. Renard, ils sont réellement faits l'un pour l'autre, et ils sont si amoureux…

Miss Lisa Crisp, aux bons soins de Sa Grâce le très noble duc de Roxton, Treat via Alston, Hampshire, au Dr et à Mrs. Robert Warner, 9 Gerrard Street, Soho, Londres.

[Cette lettre, ainsi que d'autres correspondances concernant la fondation Fournier, fait partie d'un généreux don aux archives des Roxton de la part de Miss Wysteria Warner, fille cadette du fils unique du Dr et de Mrs. Robert Warner, l'éminent chirurgien et administrateur de la fondation Fournier, le Dr George de Crespigny Warner. Une phrase est inscrite sur le recto de la page : Remise par le messager personnel de Sa Grâce, qui est reparti avec une réponse du Dr Warner moins d'une heure plus tard.]

Aux bons soins de Sa Grâce le très noble duc de Roxton,
Treat via Alston, Hampshire
Juillet 1786

Cher Dr Warner, chère cousine Minette,

Je vous écris de Treat pour vous annoncer que je ne reviendrai pas à Gerrard Street.

Je sais que cette annonce va tous les deux beaucoup vous choquer, mais je vous assure qu'il ne m'est rien arrivé de fâcheux. Au contraire, j'ai une merveilleuse nouvelle à vous transmettre, et j'espère que vous vous réjouirez pour moi, pour ma nouvelle situation, car c'est ce que je veux réellement, et d'ailleurs ce que nous désirons tous les deux ardemment.

Lord Henri-Antoine Hesham m'a demandé de devenir sa femme, et j'ai accepté. Nous allons nous marier à la fin de la semaine.

Nous sommes amoureux, et bien que notre cour ait été très rapide, la famille de milord a accepté notre union, ce dont je suis très humblement reconnaissante. Nous sommes tous les deux très heureux que la famille de Lord Henri-Antoine, en particulier sa mère, Sa Grâce la duchesse de Kinross – qui est la belle-mère la plus gentille et aimante dont j'aurais pu rêver –, et son frère et sa belle-sœur, Leurs Grâces le duc et la duchesse de Roxton, m'aient accueillie à bras ouverts et en m'ouvrant également ment leur cœur.

Je vous écris également pour vous dire que milord a écrit à mon oncle de Crespigny, mon tuteur légal, pour lui demander, car telle est la marche à suivre, de consentir à notre union. Sa lettre était accompagnée d'une deuxième lettre, écrite par son frère le duc. Les deux lettres ont été envoyées par un messager en livrée, qui a reçu pour instruction d'attendre que mon oncle réponde immédiatement à l'écrit par l'affirmatif, afin que les préparatifs du mariage puissent rapidement se poursuivre. Le Dr Moore, l'archevêque de Canterbury, a déjà rédigé notre certificat de mariage spécial, notre union a donc reçu la bénédiction de l'Église. Ainsi, l'accord de mon oncle, et c'est ce que m'assurent mon futur époux et mon futur beau-frère, n'est qu'une simple formalité, et nous pensons tous qu'il le donnera volontiers et sans attendre.

Notre mariage sera un petit rassemblement intime qui ne concernera que la famille proche et aura lieu dans la chapelle familiale des Roxton. Ma très chère amie, qui est devenue Lady Cavendish et pour qui j'ai été demoiselle d'honneur, le sera pour moi en retour, et son nouvel époux, Sir John, qui est le meilleur ami de milord, lui servira de garçon d'honneur. Tout s'est plutôt bien arrangé, à la satisfaction de tout le monde. Je sais que cela ne vous dérangera pas du tout de ne pas avoir reçu d'invitation de ma part, car comment pourriez-vous délaisser l'important travail que vous faites, mon cher Dr Warner, uniquement pour voyager jusqu'ici et assister à ce minuscule événement ? Quant à mon oncle et ma tante, ils reviennent tout juste de Paris et j'imagine qu'ils en ont assez de voyager pour l'instant. Il y a d'ailleurs un autre détail, c'est que personne n'a réellement le temps de se préparer pour un tel événement en si peu de temps.

Je compte écrire à ma tante et mon oncle pour leur annoncer ma nouvelle, bien qu'il ne s'agisse que d'une formalité, car ma lettre arrivera après celle dans laquelle milord leur demande leur bénédiction. Au moins, ma lettre les choquera moins qu'elle a dû vous choquer.

J'espère qu'avec le temps, vous vous ferez à mon surprenant changement de situation, et je vous assure à tous les deux que je suis tombée amoureuse et que j'épouse un homme des plus aimants, doux et généreux, qui se trouve également être le fils d'un duc et le frère d'un autre duc. Être l'épouse d'un homme au caractère bon et honorable sera un immense honneur. Mon élévation dans la société et mon nouveau statut de « milady » ne changeront en rien mon caractère, je vous l'assure.

J'espère que vous m'autoriserez à venir vous présenter mes hommages quand nous viendrons en ville fin septembre pour nous installer dans notre maison de Park Street.

Je vous en prie, embrassez le petit George de ma part. Mes visites dans sa nursery me manqueront terriblement.

Je suis impatiente de retrouver votre compagnie, dans un avenir pas trop éloigné.

Votre cousine qui vous reste dévouée,
Lisa

Bientôt connue sous son nom de femme mariée, Lady Henri-Antoine Hesham

*[Entrée dans le journal de Lord Henri-Antoine Hesham.
Écrite en français.]*

Le 11 juillet 1786

Très cher père,

Demain, je vais épouser la femme à qui j'ai donné mon cœur et mon âme. Je ne me suis jamais senti aussi empli de bonheur et d'optimisme quant à l'avenir, et c'est entièrement grâce à elle. Lisa m'aime sans réserve, et elle me l'a dit à de très nombreuses reprises. Non pas que j'aie besoin d'être rassuré à ce propos, car je la crois. Mais elle adore me le dire, et j'adore l'entendre. Son amour a ôté un poids de mon cœur, un poids qui était là depuis trop longtemps ; depuis que vous nous avez quittés, à vrai dire. Car même si j'aurai toujours l'amour inconditionnel de mère, c'est vers vous que je me tournais le plus souvent quand j'avais besoin de soutien, c'était vous qui me compreniez le mieux. Sans vous, je me suis retrouvé à la dérive dans cet océan dont vous parliez, et pendant bien trop longtemps. Mais à présent, grâce à Lisa, je suis arrivé à bon port, un port dans lequel je peux réellement être moi-même et dans lequel j'aimerais rester à jamais.

Vous saviez exactement, et m'avez d'ailleurs décrit dans tous les détails, ce que je ressentirais quand je tomberais amoureux, car c'est ce que vous avez ressenti pour mère quand vous êtes tombé amoureux d'elle et l'avez épousée. Quand j'étais petit, je me demandais comment mes parents pouvaient passer leur temps ensemble sans se dire un mot et avoir l'air aussi heureux et satisfaits. Quand je m'allongeais sur la méridienne pour récupérer, je vous observais, vous à votre bureau et mère dans son fauteuil préféré, ou près de moi sur la méridienne. Occasionnellement, vous releviez la tête de ce sur quoi vous travailliez pour poser les yeux sur mère tandis qu'elle était plongée dans un livre ou me faisait la lecture, et je voyais vos lèvres se relever toutes seules en un sourire, un sourire qui lui était entièrement réservé. Je me demandais si vous vous en rendiez compte. Je pense que vous n'avez jamais remarqué que je vous observais. Ou peut-être le saviez-vous et vous en moquiez-vous. À l'époque, je fronçais les sourcils et me demandais ce qu'elle avait bien pu lire ou dire pour vous amuser. Mais vous n'étiez pas du tout amusé, n'est-ce pas, votre sourire était celui qui accompagne un sentiment d'absolue satisfaction et d'amour, face à la femme que vous aimiez à en perdre la raison et qui vous aimait tout autant, et aussi un sentiment d'incrédulité à l'idée que vous soyez réellement ensemble. Je me surprends aujourd'hui à penser ou réagir exactement de la même manière quand je suis avec Lisa. Peu importe que nous soyons au milieu d'un grand rassemblement familial ou seuls, rien que tous les deux. Et comme le faisait mère avec vous, elle me rend mon sourire d'un air complice, et même si souvent ce sourire reste cantonné à ses yeux, je le vois bien et je sens mon cœur faire un bien étrange petit bond et ma gorge s'assécher d'émotion, car je sais qu'elle m'aime réellement et elle sait que je l'aime, bien qu'aucun de nous deux n'ait prononcé un seul mot. N'est-ce pas le sentiment le plus merveilleux qui soit ?

Nous vous rendrons visite demain, après le repas de mariage. Lisa souhaite déposer son bouquet à vos pieds et je vous dirai tout ce qu'il y a à savoir sur le voyage de noces que nous comptons entreprendre, car je vais l'emmener à l'étranger.

Bonsoir, mon cher père.

Le Fils du satyr
LETTRE 13

[*Entrée dans le journal d'Antonia, duchesse de Kinross.
Écrite en français.*]

Le 12 juillet 1786

Renard,

Aujourd'hui, notre petit garçon s'est marié. Je suis si heureuse pour lui, pour eux deux ! Je sais que vous seriez tout aussi heureux que moi, et très, très fier de votre fils.

Ce fut un petit mariage familial, qui a eu lieu dans la chapelle. Henri-Antoine était très beau, et il avait la mine très sombre. Il était peut-être aussi nerveux que vous le jour de notre mariage. Même si je pense qu'aucun marié n'a jamais été aussi nerveux que vous lors de notre grand jour ! Naturellement, Lisa a fait une très belle mariée, et quand Henri-Antoine l'a vue, il s'est assez détendu pour pouvoir sourire. Renard, je vous le dis, je n'avais jamais vu notre fils sourire autant, et pendant toute une journée ! Il n'aurait pas pu faire disparaître son sourire même s'il l'avait voulu. Mais je ne pense pas qu'il le voulait. Il est si heureux. Ils le sont tous les deux. Leur bonheur m'a fait monter les larmes aux yeux, et je n'étais pas la seule dans cet état.

Jack et Teddy ont repoussé leur lune de miel pour que Jack puisse être le garçon d'honneur d'Henri-Antoine, et Teddy la demoiselle d'honneur de Lisa, comme Lisa l'a été pour elle il y a tout juste une semaine. Deux meilleurs amis ont épousé deux meilleures amies, et les choses n'auraient pas pu mieux tourner si elles avaient été arrangées ! Cette issue a rendu les quatre jeunes gens fous de joie, et je prédis que les deux couples vont jouir, pendant toute leur vie, d'une proximité sans pareil, ce qui réjouit également toute la famille.

Jonathon a conduit Lisa à l'autel, et il était honoré qu'elle le lui demande. Il s'est avancé dans l'allée centrale d'une démarche fière, guidant Lisa à son bras comme si elle était sa propre fille. Elsie était ravie de semer des fleurs derrière Lisa et elle est restée collée à elle pendant tout le banquet, ce que j'ai trouvé charmant. Julian et Deb et tous leurs enfants, Mary et Christopher et leurs trois petits, cousin Charles, qui a eu l'honneur de faire partie des hommes qui accompagnaient Henri-Antoine et a donc repoussé son retour en France, et Kate Paget étaient tous présents. Et bien sûr, les membres les plus anciens du personnel d'Henri-Antoine avaient enfilé leurs habits du dimanche. Michel Gallet a eu l'honneur de pouvoir se joindre à Jack, Charles et Frederick pour accompagner Henri-Antoine ; votre petit-fils était très convenablement apprêté, et il était très fier d'être ainsi favorisé par son oncle.

Les huit acolytes, vêtus de leur livrée, ont formé une haie d'honneur, et quand le couple fraîchement marié est passé entre eux en quittant la chapelle, ces mastodontes ont poussé trois acclamations enthousiastes. Henri-Antoine et Lisa ne s'y attendaient pas du tout, ils ont sursauté et sont tombés l'un sur l'autre, hilares, avant de se tourner vers les acolytes pour les applaudir ; à leur tour, ils se sont inclinés devant eux avec une grande courtoisie. Cette petite scène a fait sourire tout le monde, et les enfants se sont mis à les acclamer aussi. Nous nous sommes tous installés dans la salle à manger familiale pour le banquet et Julian a fait un discours pour accueillir chaleureusement Lisa dans la famille, ce que son frère a beaucoup apprécié.

Demain, Jack et Teddy partent à Bath pour commencer leur lune de miel, et Henri-Antoine et Lisa vont rester à Treat pendant quelques semaines pour préparer leur voyage de noces. Ils partent à l'étranger et veulent voyager jusqu'à Constantinople. Henri-Antoine espère pouvoir séjourner dans la maison que nous avions louée il y a des années, quand il était petit. En chemin, ils comptent se rendre dans plusieurs établissements médicaux et rencontrer plusieurs médecins pour le compte de la fondation Fournier.

Ils espèrent également se procurer des substances médicinales auprès des médecins ottomans pour aider à soulager les symptômes d'Henri-Antoine, à défaut de guérir ses crises d'épilepsie. Souvenez-vous, quand nous avions consulté ces hommes de science, ils nous avaient conseillé, comme il n'était encore qu'un petit garçon à l'époque, d'attendre qu'il soit plus vieux et que nous soyons certains que ses crises ne pouvaient pas être guéries avant de lui donner ce qu'ils prescrivaient pour les personnes atteintes du mal caduc.

Ils vont énormément me manquer, mais ce voyage sera un moment merveilleux pour eux deux, et ils en garderont des souvenirs toute leur vie.

Et puisqu'ils s'intéressent tous les deux aux progrès de la médecine, Henri-Antoine a fait de Lisa la patronnesse de sa fondation, ce qui constitue un cadeau de mariage. Lord et Lady Henri-Antoine Hesham seront tous les deux mécènes de la fondation Fournier et directeurs de son conseil d'administration, et ils seront sur un pied d'égalité pour toutes les décisions concernant le fonctionnement de la fondation et la distribution de ses financements. Il a fait rédiger tout cela dans un genre de contrat et il a prévu d'écrire aux autres administrateurs pour les informer de la voie qu'allait prendre la fondation dorénavant, maintenant qu'il est marié et que son épouse va prendre part à tous ses projets. Lisa est ravie de ce cadeau. On croirait que notre fils l'a noyée sous une pluie de diamants et de perles et lui a offert son propre château. Bien sûr, il peut aussi faire toutes ces choses, mais pour elle, ce partenariat est la chose la plus précieuse qu'il aurait jamais pu lui offrir, et j'aime d'autant plus Lisa en sachant cela. Ils sont tous les deux très heureux de partager cette passion et d'autres centres d'intérêt. Ne vous avais-je pas dit qu'ils sont parfaits l'un pour l'autre ?

Je viendrai vous rendre visite demain avec Germanicus et Livia, car je crois que la dernière fois que vous les avez vus, Livia n'avait pas encore mis bas. À demain, mon amour.

Des baisers,\
A

Lady Henri-Antoine Hesham, Treat via Alston, Hampshire, à Mrs. Harold Humphreys, Les merceries Humphreys, à l'angle de Gerrard Street et de Princes Street, Soho, Londres.

Treat via Alston, Hampshire
Le 1er août 1786

Chère Mrs. Humphreys,

J'aimerais proposer à votre nièce Betsy Bannister un poste d'habilleuse et de première couturière dans mon personnel. Elle recevra une jolie rémunération mensuelle ainsi qu'un subside annuel pour ses vêtements, et elle disposera de sa propre chambre. Elle sera responsable de mes vêtements et de mon cabinet et supervisera une couturière assistante, mais elle sera sous l'autorité de ma femme de chambre personnelle. Ce poste n'a pas encore été pourvu, mais cela ne saurait tarder, et il sera occupé par une femme convenablement qualifiée et expérimentée. Des entretiens doivent être passés en début de semaine prochaine. Si Betsy devait arriver avant qu'une femme de chambre ait été choisie, elle serait supervisée par le majordome du personnel, monsieur Gallet.

Si Betsy accepte le poste que je lui propose, elle devra, comme tous nos domestiques de haut statut, voyager entre notre maison de ville de Park Street à Westminster, les appartements de Treat, ici dans le Hampshire, et le domaine de milord près de Bath. Comme vous pouvez l'imaginer, ces trois résidences ont chacune une garde-robe à entretenir, et des vêtements et autres accessoires devront être transportés d'une résidence à l'autre. C'est Betsy qui serait chargée de dénombrer ces éléments et d'en prendre soin.

La partie la plus exigeante du poste pourrait survenir dès le début de la prise de fonction, car milord m'emmène en voyage de noces à Constantinople. J'aimerais que Betsy fasse partie de notre suite. Nous resterons à l'étranger pendant environ neuf mois, peut-être jusqu'à un an. Pendant cette période, elle sera sous la responsabilité du majordome de milord, tout comme les autres domestiques, qui seront entre une vingtaine et une trentaine d'individus.

Je comprends bien que cela fait beaucoup à digérer pour vous et Betsy, et que je vous préviens au dernier moment. En effet, j'aimerais que vous m'envoyiez une lettre avec la réponse de Betsy d'ici la fin de la semaine, afin que monsieur Gallet puisse finaliser les préparatifs pour le voyage. Et si Betsy finit par accepter ma proposition, ce que j'espère sincèrement, je suis consciente que vous souffrirez de son départ, que son aide dans votre mercerie et avec les divers clients à qui elle rend visite à domicile vous manquera. Je suis donc prête à vous offrir une compensation pour l'absence de votre nièce, à vous payer en une fois et immédiatement six mois du salaire de Betsy pour que vous ayez les moyens de lui trouver une remplaçante le plus rapidement possible.

Je vous assure que si, à tout moment, Betsy se rend compte qu'être si loin de Londres et de vous ne lui convient pas et que l'Angleterre lui manque, elle sera renvoyée à la maison à nos frais, car je ne veux pas qu'elle soit malheureuse. Bien sûr, dans ce cas, elle repartirait avec une lettre de référence. Et aucune somme d'argent qui vous aurait été versée ne serait à rembourser si Betsy voulait rentrer.

Je vous en prie, parlez de tout cela avec Betsy et répondez-moi dès que possible. Vous avez à votre disposition un messager qui expédiera votre réponse et qui sera payé par milord à la réception. Quand j'aurai la réponse de Betsy, et si elle est positive, je prendrai des dispositions pour vous dédommager immédiatement, et le carrosse de milord viendra chercher Betsy et toutes les affaires qu'elle souhaiterait prendre avec elle.

J'espère réellement que vous verrez toutes les deux cette proposition comme une opportunité qui vaut la peine d'être saisie.

Recevez mes sentiments respectueux,
Lady Henri-Antoine Hesham

Lady Henri-Antoine Hesham, la Maison Blanche, résidence de Third Hill, Constantinople, à Sa Grâce la très noble duchesse de Kinross, château de Leven via Kinross, Fife, Écosse.

[*Écrite en français.*]

La Maison Blanche, résidence de Third Hill, Constantinople
Le 12 août 1787

Chère duchesse mère,

J'espère que vous, Kinross et Elsie vous portez excellemment bien.

Avant d'écrire quoi que ce soit d'autre, j'aimerais, nous aimerions, vous remercier du fond du cœur pour le présent réellement spécial et touchant que vous nous avez envoyé pour célébrer notre premier anniversaire de mariage. J'ai du mal à croire que treize mois se sont écoulés depuis que ma vie a changé à jamais. Ces mois sont passés trop rapidement, mais chacun d'eux a été plus magique que le précédent, et vous savez grâce à nos lettres à quel point nous sommes heureux.

Votre cadeau est arrivé il y a deux jours seulement, il s'agissait donc réellement d'une merveilleuse surprise ! Aucun de nous deux ne savait à quoi s'attendre, mais Henri-Antoine a deviné de quoi il s'agissait à l'instant où il a sorti la boîte en bois de sa caisse et l'a déballée. Il a posé la boîte sur la table basse devant nous, et heureusement que nous étions assis sur des coussins à quelques centimètres seulement du sol, car il a vacillé et a agrippé le rebord de la table. Comme vous pouvez l'imaginer, j'ai cru qu'il ne se sentait pas bien, mais il m'a assuré que ce n'était pas le cas. Avant d'ouvrir le couvercle de la boîte, il en a délicatement parcouru la surface du bout des doigts, de la même manière que je l'ai vu faire pour apaiser un chien effrayé ou pour caresser un chat, comme si cet objet était vivant, qu'il s'agissait d'un animal de compagnie bien-aimé. Et quand il l'a lentement ouverte pour révéler l'intérieur marqueté, les pions et les gobelets à dés qui se trouvaient à l'intérieur, les larmes lui sont montées aux yeux. Il était tellement bouleversé que je suis restée silencieuse, mais j'étais impatiente qu'il me révèle la signi-fication de cette boîte de jeu, et plus particulièrement l'impor-tance qu'elle a pour lui.

Quand il m'a dit qu'il s'agissait du plateau de backgammon sur lequel vous et son père avez joué chaque jour tout au long de votre mariage, j'ai moi-même été bouleversée et je suis restée sans voix. Il m'a dit d'une voix tremblotante qu'il vous regardait jouer tous les deux, installé sur la méridienne, et qu'il avait souvent l'impression d'être de trop, car quand vous jouiez au backgammon, vous oubliiez tous ceux qui vous entouraient et c'était comme s'il n'y avait que vous dans la bibliothèque. Mais il m'a aussi dit que c'est vous qui lui avez appris à jouer. Et il s'est rappelé la première partie qu'il a gagnée contre son père, son air incrédule quand son fils de huit ans l'a battu à son propre jeu. Ce souvenir a beaucoup fait sourire Henri-Antoine.

Mais il s'est à son tour trouvé incrédule que vous vous sépariez de cet objet précieux, de ce trésor.

Mais je comprends pourquoi vous l'avez fait, et vous savez, n'est-ce pas, duchesse mère, que nous le chérirons autant que vous, et que ce sera toujours le cas. Henri-Antoine vous a déjà écrit pour vous remercier, et il a sûrement dû vous dire que je suis une novice absolue dans ce jeu. Mais je suis certaine que vous le saviez. Nous avons décidé de faire honneur à votre cadeau en jouant tous les soirs, en buvant notre café turc. Je suis tout à fait disposée à apprendre, et Henri-Antoine s'avère déjà être un professeur patient, bien qu'exigeant. J'ai un plan pour améliorer mon jeu afin qu'il soit plus qu'un peu surpris (et il pensera sans doute que c'est grâce à ses compétences supérieures d'enseignant). À chaque fois qu'il se rendra dans un café (dans lesquels, vous le savez, les femmes n'ont pas le droit de se rendre) pour fumer le narguilé et jouer au backgammon avec les hommes du coin, je m'entraînerai à jouer avec Michel ; Henri-Antoine a laissé échapper qu'il représente un adversaire plus qu'acceptable. Ainsi, j'espère imiter l'exploit de ses huit ans et le battre à son propre jeu – un jour, j'y arriverai !

Je vous en prie, remerciez Elsie pour sa dernière lettre, qui contenait de ravissantes aquarelles représentant sa chère petite chatte, Blanche, le *loch* et de jolies fleurs violettes. J'ai placé ses peintures et ses lettres dans un livre que j'ai fait spécialement relier et qui est rangé dans mon boudoir ; je le lui montrerai en rentrant à la maison. Je lui écrirai dans une lettre séparée, bien sûr, mais j'enverrai cette dernière à Crecy Hall, où elle la trouvera à votre retour à la fin du mois.

Vous souvenez-vous, je vous disais dans ma lettre précédente que je m'étais donné pour mission de trouver une poupée pour accompagner celles qu'elle a déjà ? Eh bien, c'est chose faite !

Mademoiselle Yvette et *Signorina* Simonetta vont avoir une nouvelle amie. Je l'ai appelée Sevil, ce qui veut dire « être aimé » en turc. Et je sais qu'elle le sera. Sevil fait la même taille que les autres poupées d'Elsie, elle a une peau d'ivoire, des cheveux et des yeux foncés et une bouche en bouton de rose. Elle porte le costume des femmes qui appartiennent au harem du sultan, des chausses et une longue surveste, et elle est coiffée d'un turban. Toute sa tenue est faite de soie aux couleurs vives. Ses cheveux sont relâchés et si épais qu'on peut les coiffer dans de nombreux styles très différents. J'ai demandé à Betsy de confectionner une demi-douzaine de tenues similaires dans diverses soies pour Sevil, et aussi de lui fabriquer plusieurs paires de mules assorties. Nous avons trouvé sur les marchés de minuscules bracelets en argent pour ses poignets et ses chevilles. J'ai également chargé l'un des menuisiers de lui confectionner une boîte sur mesure, à l'intérieur en velours, dans laquelle elle pourra être rangée, ainsi qu'une petite garde-robe pour ses vêtements et divers accessoires. Par ailleurs, elle possède un minuscule et fabuleux instrument à cordes appelé Tambûr (nous avons prévu d'en offrir une version pour adulte à Jack), qui peut être accordé et dont on peut jouer si l'on est assez habile pour en pincer délicatement les cordes. Je suis impatiente qu'Elsie et ses poupées rencontrent Sevil. Henri-Antoine dit, et il a raison, que je suis aussi surexcitée que si cette poupée m'appartenait, et il est vrai que j'ai pris beaucoup de plaisir à habiller Sevil et à passer commande pour la fabrication de ses accessoires.

J'ai fait mettre dans une caisse et envoyer le deuxième lot de soieries et de fils, comme vous nous l'aviez demandé, et Henri-Antoine s'est rendu deux fois dans la manufacture de tapis pour constater l'avancement par lui-même. La commande est tellement importante qu'il est accueilli par les tisserands comme si leur sultan en personne venait les voir, et comme vous pouvez l'imaginer, il ne les déçoit pas ; il joue son rôle, et les acolytes aussi. J'ai trouvé un service à café turc complet, comme celui que vous utilisiez, d'après les souvenirs d'Henri-Antoine, quand vous avez séjourné ici ; il comprend d'ailleurs le même genre de petites tasses que celles dans lesquelles il buvait à l'époque. Il dit qu'il ressemble au service de voyage que Sa Grâce le duc possède à Treat. J'espère qu'il vous plaira, à vous et à Kinross. Je l'ai tellement aimé que j'en ai acheté quatre exemplaires : un pour vous, un pour Jack et Teddy, un pour notre maison de Park Street, et un pour la maison de Bath. Henri-Antoine a prévu de décorer, dans chacune des deux maisons, une pièce à la manière ottomane. Il a donc commandé l'équivalent de deux pièces entières de ce qui est nécessaire pour reproduire notre salon privé ici, des coussins en soie aux tentures en passant par les papiers peints, les tapis (vous comprenez pourquoi les tisserands lui vouent un culte !), les petits tabourets, les canapés, et même deux narguilés. On m'a dit qu'un narguilé était sensiblement la même chose qu'un houka, comme celui que Kinross a rapporté du sous-continent, mais avec un nom différent. Henri-Antoine insiste pour que Kinross en possède un dont il pourra se servir à Leven.

Mon cher mari me dit qu'il a été initié aux plaisirs de cette pipe à eau par Sa Grâce quand il était adolescent ; mais il s'agit peut-être de quelque chose qu'il ne souhaitait pas que vous découvriez, alors je vous en prie, duchesse mère, ne réprimandez pas ce cher Kinross. En tout cas, ici, l'expertise d'Henri-Antoine dans l'utilisation de la pipe à eau s'est révélée très utile. Les médecins que nous avons consultés lui ont prescrit un tabac spécial à base de plantes, un substitut du tabac habituellement utilisé dans la pipe à eau et qui, ils nous l'assurent, apaisera ses symptômes, même s'il ne pourra pas empêcher ses crises d'épilepsie.

À ce propos, il a subi une crise des plus violentes il y a deux semaines, et je crois que c'est parce qu'il n'avait pas assez récupéré d'une crise survenue une semaine plus tôt. Il a insisté pour m'accompagner au marché textile au moment le plus chaud de la journée, ce qui n'a pas aidé. J'avais prévu d'y aller avec ma femme de chambre Niven ainsi que Betsy, et comme vous le savez, je ne sors jamais de notre résidence sans être escortée par deux des acolytes. Je me suis rendue seule, de cette façon, sur divers marchés et à plusieurs reprises, mais Henri-Antoine était déterminé à venir avec moi cette fois-ci, et il est resté inflexible. Je sais qu'il s'est montré têtu non seulement parce qu'il ne se sentait toujours pas très bien, mais aussi parce que c'était devenu une question de fierté masculine pour lui de me servir d'escorte. En effet, Sir Jonas Wetherby (je vous ai parlé de ce spécialiste des langues orientales qui travaille pour l'ambassade dans une précédente lettre) s'est permis, l'alcool aidant, de faire une remarque irréfléchie à Henri-Antoine à l'Occidental Club, et ce devant d'autres personnes. Sir Jonas a osé suggérer que milord était bien cavalier de laisser une telle beauté (moi) traîner dans les rues de Constantinople sans la protection de son mari. Que même si j'étais en compagnie de ma femme de chambre et de domestiques en livrée, ces derniers ne pouvaient pas remplacer un mari au bras de sa jeune épouse. Qu'un époux était la meilleure et seule façon de montrer aux habitants de la région qu'une femme est issue du rang le plus haut au sein de sa propre société et qu'elle bénéficie de beaucoup d'attention, mais aussi qu'elle doit être traitée avec le plus grand respect et que les hommes de la région ne doivent pas badiner avec elle.

Je ne sais pas ce qui a le plus énervé Henri-Antoine : qu'on remette en question ses manières de gentleman, qu'on insinue que c'est un mari négligent, ou que Sir Jonas ait l'impertinence de suggérer que les hommes de la région pourraient oser « badiner » avec la femme de milord. Je pense que c'est la somme de toutes ces choses. Sir Jonas est un homme franchement sot, malgré ses compétences en traduction, mais cela n'a eu aucune importance pour milord. Il est peut-être doué dans son métier, mais il doit lui manquer des aptitudes basiques de compréhension, car n'importe qui ayant un minimum de compassion se serait gardé de faire ce genre de remarque irréfléchie à un supérieur social, en particulier à un jeune époux, et d'autant plus à milord.

Je ne sais pas du tout ce qu'Henri-Antoine a bien pu répondre, mais je sais que les mots de Sir Jonas l'ont tellement blessé qu'il a mis un terme à son alitement bien trop tôt. Il aurait mieux valu qu'il passe la journée à profiter de l'eau fraîche de notre bassin et de son narguilé. Mais j'ai compris qu'il était inutile de lui suggérer cela, car c'est son orgueil masculin qui avait été écorné. Il m'a donc accompagnée. Pour raccourcir cette triste histoire, cette deuxième crise a été très violente et les acolytes ont été obligés de le cacher dans une allée sombre, où il est resté jusqu'à ce que la crise passe et que sa chaise à porteurs puisse venir le chercher pour le ramener à la maison. Il a été remis au lit, et il y est resté pendant quatre jours.

Il n'avait pas subi de crise aussi violente depuis notre séjour à Padoue. Et bien que je compatisse entièrement à sa souffrance, je lui ai dit que c'était bien fait pour lui, qu'il n'avait pas attendu d'avoir entièrement récupéré avant de se lever. J'ai ajouté que je refusais de quitter une nouvelle fois notre résidence, quelles que soient les circonstances, à moins d'une invasion russe, tant qu'il ne pouvait pas me garantir qu'il se reposerait jusqu'à ce qu'il se sente mieux. J'ai aussi dit que s'il ne me comprenait pas, je pouvais toujours appeler Sir Jonas pour qu'il traduise mes propos dans une langue que non seulement il comprendrait, mais qui serait également assez simple pour qu'il saisisse bien le sens de mes propos. Mon cher époux m'a répondu qu'il avait déjà ordonné aux domestiques d'interdire à Sir Jonas d'entrer chez nous, qu'il n'aurait donc plus jamais à supporter cet imbécile. Il a continué à maugréer encore un peu, mais il m'a rapidement présenté des excuses. Il a feint un air tellement contrit (bien que je pense qu'il était réellement désolé) que j'ai éclaté de rire, ce qui l'a fait sourire, et tout a été pardonné, sauf à Sir Jonas. J'ai dit que cela me semblait raisonnable, nous nous sommes embrassés et nous nous sommes réconciliés. Duchesse mère, il s'agit du seul désaccord que nous avons eu pendant notre première année de mariage.

Quant à cette éventuelle invasion russe, je sais que la situation en Crimée a été rapportée dans les journaux anglais, vous devez donc être inquiète à l'idée que cette guerre entre les Turcs et les Russes atteigne Constantinople. Henri-Antoine dit qu'on ne parle que de cela dans les cafés et qu'elle arrivera bientôt, car le sultan ne peut pas laisser Catherine prendre ce qui ne lui appartient pas. En raison de cette situation – la menace d'une guerre imminente et tout ce que cela implique pour une nation qui risque d'être envahie –, nous nous sommes déjà organisés pour partir d'ici et rentrer à la maison le plus rapidement possible. Toutes les affaires qui ne sont pas nécessaires à notre quotidien ont été mises dans des caisses, et celles-ci, nos chaises à porteurs et nos carrosses sont déjà au port, prêts à être chargés à bord d'un bateau. Nous prenons la mer dans une semaine, nous pourrons donc rentrer en Angleterre en toute hâte. Ce n'est pas seulement l'arrivée imminente de la guerre qui nous pousse à partir, mais aussi le fait que nous sommes loin de chez nous depuis maintenant assez longtemps, et la nouvelle merveilleuse et tant attendue de Teddy !

Nous sommes tous les deux ravis et impatients que Teddy et Jack deviennent enfin parents. Nous attendions cette annonce depuis maintenant quelques mois, et nous n'osions pas espérer envers et contre tout qu'elle arriverait rapidement. Je sais que Teddy était reconnaissante de ne pas tomber enceinte immédiatement, mais les mois passaient et un soupçon d'appréhension s'était insinué dans ses lettres, parce qu'elle ne l'était toujours pas. Et à peine avais-je reçu une lettre dans laquelle elle me parlait de cette inquiétude qu'une autre est arrivée, le lendemain ou presque, m'annonçant qu'elle est enceinte et qu'elle doit accoucher à la nouvelle année, autour du deuxième anniversaire de sa petite sœur, ce qui serait une double fête merveilleuse pour les deux familles. Nous sommes vraiment impatients de rentrer pour cette naissance et d'adopter nos rôles de parrain et marraine gâteau.

Ce qui m'amène à répondre à la question que vous m'avez posée à propos de mon état de santé dans votre lettre précédente. Naturellement, Henri-Antoine est au courant de tout, mais vous êtes la seule autre personne à qui je me confierai à ce sujet. J'en parlerai peut-être à Teddy un jour, mais pour l'instant, elle doit se concentrer sur sa propre santé et sur son bébé.

J'ai consenti à subir un examen physique réalisé par l'une des sages-femmes les plus érudites et respectées de la ville. Elle a mis plus de bébés au monde que n'importe quel médecin masculin ici. Mon interprète m'a assuré que même les femmes du harem du sultan lui confient leur vie et leur fertilité. Je n'aurais jamais laissé un homme, peu importe son niveau de connaissances, m'examiner de façon aussi intime, mais en présence de cette femme et avec sa façon de faire, je me suis vraiment sentie à l'aise. Je sais que la perspective de ne pas avoir d'enfants ne gêne pas Henri-Antoine, qui me le dit avec tant d'assurance que je le crois. Il dit aussi, et je sais que vous ne le prendrez pas mal, que mon infertilité est une bénédiction cachée, car il n'a aucune envie de mettre au monde un enfant qui souffrira de sa maladie.

Et je mentirais si je vous disais que je ne suis pas d'accord avec lui. Mais par moments, bien que cela n'arrive pas souvent, je laisse ma raison s'envoler et je songe à certaines possibilités. Gardant cela à l'esprit et pour m'apaiser, j'ai donc laissé cette sage-femme m'examiner.

Le résultat n'était pas celui auquel je m'attendais. L'examen en lui-même s'est révélé plus inconfortable pour ma dignité qu'autre chose, et quand elle a eu fini, elle souriait, ce qui m'a semblé être un bon signe. Par le biais de l'interprète, elle m'a dit que j'étais bel et bien une femme, et je me suis demandé si quelque chose n'avait pas perdu de son sens avec la traduction, car comment aurais-je pu être autre chose ? Mais elle m'a ensuite expliqué (et vous le savez peut-être, mais ce n'était certainement pas mon cas) qu'il existe des femmes dans le monde – et cela m'a choquée, bien que je l'aie crue – qui donnent l'impression d'être des femmes à tout point de vue, dans leur apparence, mais qui ne possèdent pas les organes reproducteurs nécessaires à la conception d'un enfant, à la grossesse. Je préfère être honnête, cela m'a énormément perturbée. Mais après l'examen, elle a pu m'assurer que je possède bel et bien un utérus. Ainsi, en théorie du moins, je peux porter un enfant. Mais elle a ensuite ajouté que mon utérus est petit pour une femme de mon âge, même pour une femme qui n'a jamais eu d'enfant. Selon elle, c'est peut-être pour cette raison que je ne suis pas réglée. Et d'après son opinion savante, la conception pourrait n'être pour moi qu'une question de temps. Elle dit que comme je suis jeune, il me reste encore des années, et même des décennies, d'espoir.

Pour être franche, duchesse mère, nous ne voulons pas passer des décennies à espérer, nous allons donc mettre cette nouvelle information de côté et reprendre nos vies là où nous les avons laissées. Je compte vivre chaque jour comme j'ai vécu chaque jour depuis mon mariage, en tant qu'épouse, compagne et assistante aimante de votre fils, que j'aime de chaque fibre de mon être, ce que vous savez aussi sûrement que le soleil se lève chaque matin. Et nous allons nous concentrer sur l'immense tâche qui nous attend, celle de faire de la fondation Fournier non seulement notre héritage, mais aussi celui de monseigneur et de toute la famille.

Je vais ajouter quelque chose qui va vous faire rire : la sage-femme m'a prescrit une herbe médicinale qui, selon elle, favorise la fertilité. Je ne saurais dire si elle aura l'effet escompté, mais Henri-Antoine insiste pour que j'essaye au moins. Secrètement, je pense qu'il se réjouit de ne pas être le seul à devoir boire une concoction au goût affreux qu'il doit, nous le lui assurons avec les meilleures intentions, supporter pour sa santé. Nous prenons donc nos médicaments tels deux enfants sages, ensemble, en résistant tous les deux à l'envie de faire la grimace, car nous ne voulons pas être le premier à craquer, et nous faisons donc notre possible pour faire comme si nous n'étions pas affectés par ce goût infâme. Aucun de nous ne veut être le premier à saisir le gobelet de punch mis à notre disposition pour nous rincer la bouche. Nous faisons donc un effort pour ne pas nous regarder pendant que nous prenons notre médicament, surtout quand les domestiques sont avec nous. Mais si nous sommes seuls, que nous osons relever les yeux et que nos regards se croisent, nous perdons tout notre sens des convenances et nous éclatons de rire, et nous rions parfois si fort que nous n'arrivons plus à respirer pendant un instant. Nous retombons alors sur les coussins, les larmes aux yeux. Une fois, un domestique est entré alors que nous étions dans cet état ridicule, a cru que nous avions tous les deux été empoisonnés, a jeté son plateau dans les airs et s'est enfui de la pièce en criant. Cela n'a servi qu'à nous faire rire encore plus fort, surtout quand Michel a osé nous lancer un regard empreint d'un mélange d'exaspération et de joie, tel un parent qui voudrait réprimander ses enfants mais qui en est incapable car ils s'amusent bien trop. C'est pour lui, pour épargner sa santé mentale, que nous avons repris nos esprits et que nous avons fait de notre mieux pour sembler contrits, même si des larmes de rire coulaient encore sur nos joues.

Avez-vous déjà vu Henri-Antoine rire tellement fort qu'il doit se tenir les côtes ? C'est un bonheur d'assister à cela, et un privilège, car vous savez à quel point il est sévère envers lui-même et combien il se contrôle sous l'œil du public. Je me demande, arrivait-il à son père de rire ainsi avec vous ? Bien sûr, vous n'êtes pas obligée de me répondre, duchesse mère, car je pense qu'il devait au moins pouffer et peut-être même rire assez fort en votre compagnie pour que les larmes lui montent aux yeux. Je me disais que vous aimeriez savoir ceci à propos de votre fils.

Je dois vous laisser pour aller souper. Nous allons manger sur le toit, maintenant que le soleil s'est couché. Et puisqu'il fait une chaleur écrasante, nous prendrons un bain de minuit dans le bassin, où nous nous laisserons flotter et regarderons le ciel étoilé. Notre voyage et notre séjour ici ont été magiques, mais nous sommes tous les deux impatients de rentrer à la maison, de vous retrouver, vous et nos familles, et de commencer le prochain chapitre de notre vie, ensemble.

Avec tout mon amour,
Lisa
Lady Henri-Antoine Hesham
J'écris mon nom de femme mariée avec tant d'émerveillement,
de fierté et de joie,
Des baisers.

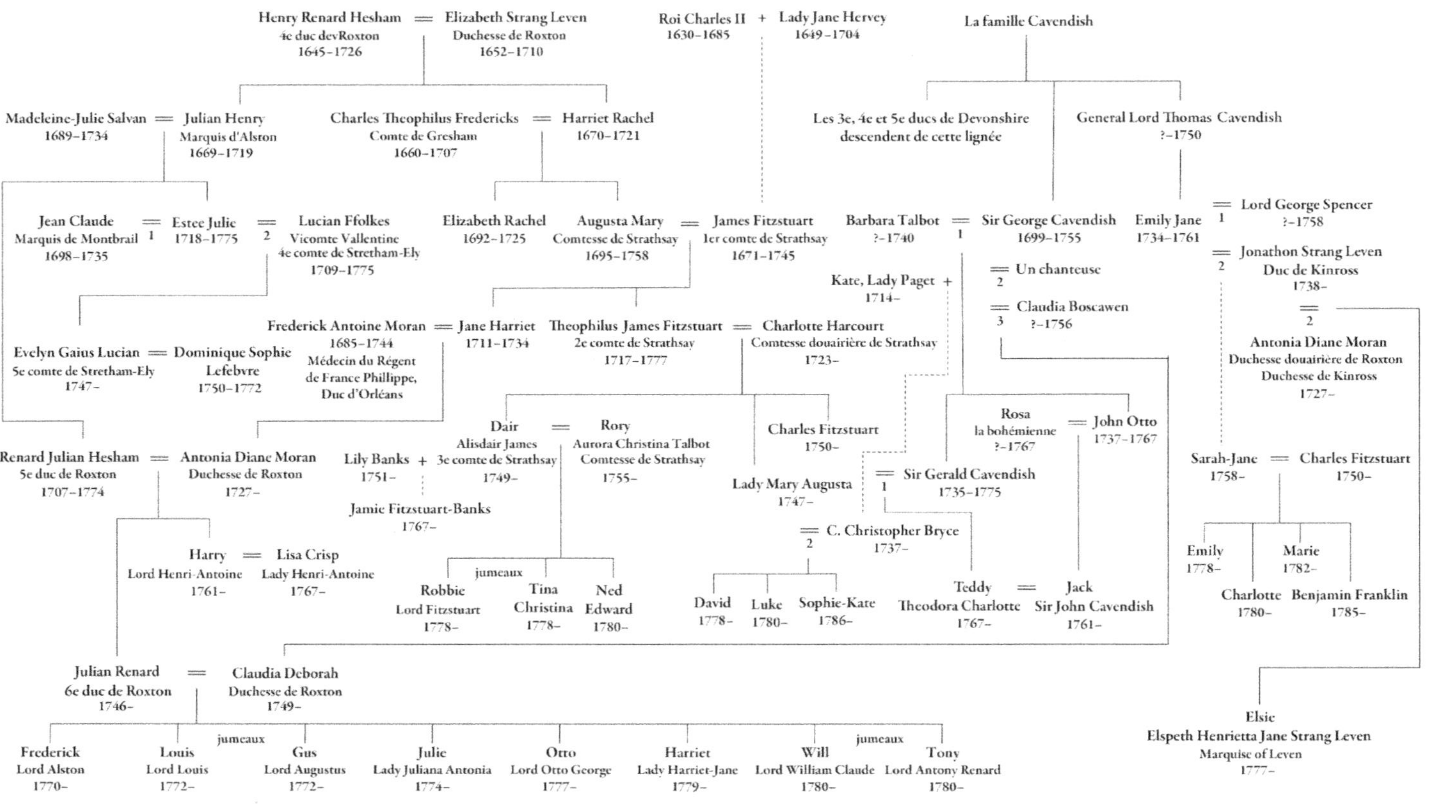

Henry Renard Hesham
4e duc devRoxton
1645–1726
=
Elizabeth Strang Leven
Duchesse de Roxton
1652–1710

Roi Charles II
1630–1685
+
Lady Jane Hervey
1649–1704

La famille Cavendish

Madeleine-Julie Salvan
1689–1734
=
Julian Henry
Marquis d'Alston
1669–1719

Charles Theophilus Fredericks
Comte de Gresham
1660–1707
=
Harriet Rachel
1670–1721

Les 3e, 4e et 5e ducs de Devonshire
descendent de cette lignée

General Lord Thomas Cavendish
?–1750

Jean Claude
Marquis de Montbrail
1698–1735
=
1
Estee Julie
1718–1775
=
2
Lucian Ffolkes
Vicomte Vallentine
4e comte de Stretham-Ely
1709–1775

Elizabeth Rachel
1692–1725

Augusta Mary
Comtesse de Strathsay
1695–1758
=
James Fitzstuart
1er comte de Strathsay
1671–1745

Barbara Talbot
?–1740
=
1
Sir George Cavendish
1699–1755

Emily Jane
1734–1761

=
1
Lord George Spencer
?–1758

=
2
Jonathon Strang Leven
Duc de Kinross
1738–

Kate, Lady Paget +
1714–

=
2
Un chanteuse

=
3
Claudia Boscawen
?–1756

Antonia Diane Moran
Duchesse douairière de Roxton
Duchesse de Kinross
1727–

Evelyn Gaius Lucian
5e comte de Stretham-Ely
1747–
=
Dominique Sophie
Lefebvre
1750–1772

Frederick Antoine Moran
1685–1744
Médecin du Régent
de France Phillippe,
Duc d'Orléans
=
Jane Harriet
1711–1734

Theophilus James Fitzstuart
2e comte de Strathsay
1717–1777
=
Charlotte Harcourt
Comtesse douairière de Strathsay
1723–

Rosa
la bohémienne
?–1767
=
John Otto
1737–1767

Sarah-Jane
1758–
=
Charles Fitzstuart
1750–

Renard Julian Hesham
5e duc de Roxton
1707–1774
=
Antonia Diane Moran
Duchesse de Roxton
1727–

Lily Banks +
1751–

Dair
Alisdair James
3e comte de Strathsay
1749–
=
Rory
Aurora Christina Talbot
Comtesse de Strathsay
1755–

Charles Fitzstuart
1750–

Lady Mary Augusta
1747–

=
1
Sir Gerald Cavendish
1735–1775

Emily
1778–

Marie
1782–

Jamie Fitzstuart-Banks
1767–

=
2
C. Christopher Bryce
1737–

Harry
Lord Henri-Antoine
1761–
=
Lisa Crisp
Lady Henri-Antoine
1767–

jumeaux
Robbie
Lord Fitzstuart
1778–

Tina
Christina
1778–

Ned
Edward
1780–

David
1778–

Luke
1780–

Sophie-Kate
1786–

Teddy
Theodora Charlotte
1767–
=
Jack
Sir John Cavendish
1761–

Charlotte
1780–

Benjamin Franklin
1785–

Julian Renard
6e duc de Roxton
1746–
=
Claudia Deborah
Duchesse de Roxton
1749–

Elsie
Elspeth Henrietta Jane Strang Leven
Marquise of Leven
1777–

Frederick
Lord Alston
1770–

Louis
Lord Louis
1772–

jumeaux
Gus
Lord Augustus
1772–

Julie
Lady Juliana Antonia
1774–

Otto
Lord Otto George
1777–

Harriet
Lady Harriet-Jane
1779–

Will
Lord William Claude
1780–

jumeaux
Tony
Lord Antony Renard
1780–

DANS LES COULISSES

Explorez les lieux, objets et évènements historiques évoqués dans *Pour toujours et à jamais* sur Pinterest. www.pinterest.com/lucindabrant